LE MASQUE
Collection de romans d'aventures
créée et dirigée par
ALBERT PIGASSE

BYE, BYE CHÉRIE

Pour
Denise Bonnefond,
son ami,

C.E.

CHARLES EXBRAYAT

BYE, BYE CHÉRIE

PARIS
LIBRAIRIE DES CHAMPS-ÉLYSÉES

CHAPITRE I

ON FAIT LE MÉNAGE

1

Dans le bureau qu'on avait mis à leur disposition, ils attendaient, tapis dans une sorte de pénombre, pareils à de gros poissons guettant le passage d'une proie. Les fonctionnaires, de ce qu'on pourrait appeler l'ambassade commerciale française à Londres, sur la Hans Place, avaient évité de leur serrer la main tout en respectant les règles d'une courtoisie que nul dans ce milieu ne saurait enfreindre sans se croire déshonoré. Ces Messieurs les avaient accueillis, leur avaient donné l'hospitalité parce qu'on le leur avait demandé – et l'on sait ce que demander veut dire dans le monde de la diplomatie – et s'étaient enfermés dans leurs propres bureaux, se désintéressant de la suite de l'affaire. Cela ne les regardait plus.

*
* *

L'ambassade de France étant située à Knights Bridge, il n'avait pas beaucoup de chemin à parcourir pour gagner la Hans Place. Il s'y rendit à pied. Il ne comprenait pas ce qu'on l'envoyait faire, lui, petit attaché d'ambassade chez les « commerciaux ». La veille au soir, un des Secrétaires l'avait fait appeler. Un homme d'une extrême distinction qui savait dire en badinant les choses les plus graves et les choses les plus légères sur un ton solennel. Il l'avait reçu avec une affabilité sans défaut pouvant passer pour de la sympathie, voire de l'affection.

– Mon cher Saint-Sève ! Je suis heureux d'avoir l'occasion de bavarder un instant avec vous... On ne se voit pas assez... Vous doutez-vous que Son Excellence vous tient en grande estime ?

Guillaume de Saint-Sève – vingt-huit ans – avait déjà suffisamment adopté les manières du milieu où il vivait pour feindre la crédulité.

– Vous m'en voyez ravi.

– Hier encore, elle me disait : il faudrait charger le petit Saint-Sève – pardonnez l'épithète qui n'est que d'affection...

– Certainement.

– ... d'une tâche intéressante qui lui permettrait de faire ses preuves.

– Son Excellence est trop bonne...

– Le seul moyen que vous ayez de la remercier est de réussir.

– Réussir ?

— Cher ami, vous me connaissez? Toujours droit au but !

Saint-Sève envia l'étonnante faculté de mentir de son vis-à-vis.

— ... alors, voici ce dont il s'agit. Avec la permission de Son Excellence, quelqu'un vous attend à la Hans Place... Vous vous nommerez en arrivant et l'on vous conduira. Ce Monsieur – que personnellement, je ne connais pas – vous proposera une mission que vous serez libre d'accepter ou de refuser. Toutefois, je suis autorisé à vous confier que Son Excellence considérerait votre acceptation comme une preuve de dévouement. A 17 heures à la Hans Place. Voilà. Je vous ai tout dit. Allons, adieu et bonne chance... Il faudra qu'on se voit.

Et c'est pourquoi, impeccable et distingué, à 16 heures 40, Guillaume de Saint-Sève quittait l'ambassade, intrigué et un peu inquiet.

*
* *

Ils regardaient Guillaume, assis devant eux. Un beau garçon, athlétique, aux traits fins et possédant cette distinction héritée de loin. L'un d'eux déclara :

— Je vous remercie, Monsieur de Saint-Sève, d'être venu...

— Il ne m'était guère permis d'agir autrement.

— J'imagine que vous devez être assez surpris du mystère semblant entourer votre visite?

— Assez, oui.

— Monsieur de Saint-Sève, ainsi que mon collaborateur, j'appartiens à un service qui n'aime guère la publicité.

– Ah? Dois-je penser que...?

– Oui.

– Laissez-moi vous répondre que je ne vois pas ce que j'ai à faire avec les Services Secrets?

– Tout citoyen peut être appelé à collaborer avec nous, puisqu'au fond, ce n'est qu'une façon de défendre les intérêts de notre pays. Chacun sert à la place que le destin lui a choisie même s'il lui arrive, un jour, d'en changer.

– Ce qui serait éventuellement mon cas, si je vous comprends bien?

– Vous me comprenez bien, Monsieur de Saint-Sève.

– Je vous écoute donc?

– Un de nos hommes devait nous apporter, du Moyen-Orient, un pli très important. De la teneur de la missive dépend, peut-être, une attitude nouvelle de la France dans certaines crises internationales. Or, le porteur a été démasqué et, pour l'heure, il est traqué à Nice qu'il ne peut quitter. Il faut vous rendre là-bas, recevoir ce papier et nous le rapporter ici.

– Mais je ne connais pas ce personnage !

– Lui vous connaîtra.

– Et c'est tout?

– C'est tout.

– Permettez-moi de vous confier que je ne saisis pas la nécessité d'un pareil mystère pour une démarche aussi banale.

Les deux hommes qui recevaient le diplomate se regardèrent en souriant.

– Monsieur de Saint-Sève..., je ne souhaite pas vous effrayer... mais je ne voudrais pas non plus que vous vous embarquiez dans cette histoire à la façon d'un gamin partant à la chasse aux papillons... Votre voyage pourrait être perturbé car ceux qui guettent notre agent à Nice risquent de vous repérer... Dans ce cas, ce sera votre peau qu'il faudra défendre d'abord, sauver ensuite. Bref, ce n'est pas une promenade touristique que nous vous offrons, Monsieur et c'est pourquoi j'admettrais parfaitement votre refus.

– Monsieur, je m'ennuie à Londres, vous me proposez de l'imprévu, j'accepte et je vous en remercie.

– On ne m'avait pas trompé : vous avez de la classe. Je m'appelle Paul Ernecourt et voici mon secrétaire : Jean Pointel.

– Enchanté.

– Nous le sommes aussi. Pour éveiller le moins possible les soupçons de nos rivaux – vous devez penser que Russes, Américains, Anglais et Chinois aimeraient beaucoup s'approprier ce papier – vous partirez après-demain par le train-ferry, le bateau et de nouveau le train... alors que si l'on vous guette, ce sera à l'aérodrome.

– Parce que les autres sont au courant?

– Sûrement.

– Mais comment?

Pointel dit :

– Peut-être comme cela !

Et ouvrant brusquement la porte du bureau, il permit à Guillaume de voir une jeune femme sur le seuil qui ne parut pas autrement troublée.

– Excusez-moi... Je remettais de l'ordre dans ma tenue, avant de frapper... Ils désireraient savoir à quelle heure le bureau sera libre, il paraît qu'ils ont une conférence...

– Dans quelques instants, Mademoiselle.

– Je vous remercie...

Elle s'éloigna en ondulant légèrement les hanches. La porte refermée, Saint-Sève demanda :

– Vous croyez que cette fille... ?

Ernecourt récita :

– Henriette Voulaines – trente-six ans – depuis huit ans à Londres – appointée au mois par l'ambassade soviétique.

– Mais, si vous le savez, pourquoi...

– Ne nous en débarrassons-nous pas ? Parce que nous la connaissons et que nous perdrions beaucoup de temps à découvrir celle que les Russes nous enverraient.

– Si elle a entendu... ?

– Aucune importance, car c'est demain et non après-demain que vous partirez.

Monsieur de Saint-Sève prit congé et, en flânant, réintégra l'ambassade où il fit savoir au secrétaire l'ayant reçu que, pour complaire à Son Excellence, il avait accepté la mission proposée et qu'il quitterait Londres le lendemain. On lui répondit qu'on le remerciait, que Son Excellence se féliciterait de son dévouement et qu'il pouvait, dès maintenant, se considérer en congé et qu'on lui souhaitait bonne chance. Guillaume de Saint-Sève était encore assez jeune pour aimer l'aventure. Il abandonna donc son bureau, la joie au cœur et regagna son domicile situé du côté sud de Regent's Park exactement dans Munster Square où une vieille lady désargentée lui louait – très cher – un appartement de célibataire dont l'ameublement eût ravi la reine Victoria.

Guillaume traversa Hyde Park. On était à l'automne et comme toujours en Grande-Bretagne lorsque le ciel est dégagé, l'air y prend une transparence singulière. Le jeune homme avait l'intention de rentrer chez lui, de se changer et de téléphoner à sa fiancée, lady Helen Otterburn que ses collègues lui enviaient pour sa beauté et sa fortune. Gentilhomme de province que la guerre avait privé de son père et de sa mère, élevé par une tante du côté de Mirepoix et qui mourut discrètement une fois sa tâche accomplie, Monsieur de Saint-Sève s'était retrouvé seul au monde et fort désargenté vers sa vingt-cinquième année. Excellent élève, il avait réussi, en un rang flatteur, au concours des ambassades et après un court séjour à Berne, il achevait sa deuxième année de présence à Londres où chacun estimait que c'était une chance extraordinaire pour lui que d'avoir retenu l'attention d'abord, gagné le cœur ensuite de l'héritière des Otterburn dont l'hôtel particulier de Belgrave Square disait assez la puissance. Désormais, l'avenir de Saint-Sève était assuré.

*
* *

M. de Saint-Sève parti, Pointel et Ernecourt s'étaient félicités de leur nouvelle recrue. Pointel dit:

– Il semble plein de bonne volonté...

– Il appartient à une race où l'on a foi en ce que l'on fait.

– Les autres ne vont rien comprendre à notre choix.

– Cela m'amuse de les dérouter... Dites donc, Jean, il faudrait peut-être dramatiser un peu l'affaire.

– De quelle façon?

Avant de répliquer, Ernecourt alluma une cigarette, puis:

– Cette demoiselle Voulaines exagère, non?

– Si... De plus, elle est un mauvais exemple.

– Alors, arrangez-vous pour la rendre sympathique.

Sur ce, M. Ernecourt rangea ses papiers et en compagnie de son adjoint, quitta la Hans Place pour n'y plus revenir. Avant de sortir, Pointel passa au standard pour savoir si Mlle Voulaines avait bien pensé à appeler tel numéro. On lui répondit par l'affirmative.

Henriette Voulaines était une aigrie. Pas jolie, un peu hommasse, elle avait consacré au travail ce que les filles de son âge gaspillaient en plaisirs. Elle en était devenue morose et savante. Parlant parfaitement l'anglais, elle avait résolu, la trentaine atteinte, de s'installer définitivement à Londres avec le secret espoir qu'elle trouverait plus facilement, dans la capitale britannique, l'époux vainement cherché en France. Henriette attribuait à son manque de fortune l'échec constant de ses rêves matrimoniaux. Les moins mal intentionnés de ses collègues déclaraient que Miss Voulaines ressemblait à un horse-guard qui se serait brouillé avec sa monture.

A Londres – avec l'aide du brouillard, de la pluie, du coryza endémique et de la bronchite annuelle – le caractère d'Henriette avait achevé de devenir amer. Comptant trente-six printemps, elle ne nourrissait plus grande illusion quant à ses chances de se caser. Elle ne parvenait pourtant pas à se résigner et en voulait aux Français comme aux Anglais de n'avoir pas su l'apprécier. De là à souhaiter se venger, la distance était facile à franchir. L'occasion lui en fut fournie, un soir d'été, alors qu'elle se reposait sur un banc de Green Park (elle détestait cette habitude londonienne de s'étaler sur les pelouses) avant d'aller prendre le métro pour rejoindre son deux-pièces-cuisine de Kilburn. Un homme d'un certain âge (qui rappela à Henriette un notable d'une petite ville française) s'assit à ses côtés et ne lui adressa pas la parole, en gentleman de la vieille école ne parlant pas aux gens auxquels il n'a pas été présenté. Soudain, l'anonyme compagnon de Mlle Voulaines s'exclama :

– Écœurant ! positivement scandaleux !

L'objet de cette indignation subite était un garçon et une fille si profondément perdus dans leur rêve amoureux qu'ils semblaient avoir pris la pelouse du parc pour une chambre à coucher. Poussée davantage par la jalousie que par tout autre motif, Henriette fit écho à son compagnon de hasard :

– Ces jeunes n'ont plus de pudeur !

– Des bêtes ne se conduiraient pas de la sorte !

– Parce que les bêtes ignorent le vice !...

– Comme c'est juste !... Permettez-moi de me présenter : Ronald Woodford.

– Henriette Voulaines.

– Française ?

– Plus beaucoup...

C'est ainsi que cela avait commencé. Ronald et Henriette, deux esseulés, s'étaient revus, avaient bavardé, échangé des confidences. Un moment – très court – Mlle Voulaines avait cru que Mr Woodford pourrait faire un mari possible mais très vite, elle s'était rendu compte que son nouvel ami ne songeait pas au conjugo. Au lieu d'une déception, elle ressentit un certain apaisement. Elle n'osait pas se l'avouer encore mais elle savait, au fond de son cœur, qu'elle était vouée au célibat et cette certitude lui déplaisait de moins en moins. Pendant cinq ou six semaines, ils échangèrent leurs rancœurs, leurs amertumes. Peu à peu, prenant de plus en plus confiance l'un dans l'autre, ils en arrivèrent à parler des vengeances dont ils rêvaient, surtout contre leurs patries ingrates. Mais que faire ? Un dimanche après-midi qu'ils se trouvaient dans le petit jardin public, en face du terrain de cricket des Lords, Woodford, très excité, confia à son amie qu'on lui avait proposé d'espionner pour les Russes moyennant de jolies mensualités et des primes substancielles en cas de bonnes prises. Bien entendu, Henriette se scandalisa et Ronald fit chorus en se demandant comment et pourquoi on avait osé lui faire des offres aussi déshonnêtes. Trois semaines plus tard, parce qu'elle avait découvert un appartement « adorable » dont le loyer était nettement au-dessus de ses moyens, Mlle Voulaines acceptait de rencontrer, dans les prairies de Hampstead un émissaire de l'ambassade soviétique. Tout était consommé et au soir de cette rencontre, Ronald Woodford – de son vrai nom Victor Stapénévitch – fut félicité.

*
* *

En dépit de son second vilain métier, Henriette Voulaines était demeurée d'une grande naïveté et se figurait duper ses collègues et ses chefs en téléphonant chaque jour à un hypothétique fiancé dont les camarades d'Henriette disaient qu'il ne devait pas être très emballé par la perspective d'unir son existence à celle de la déjà vieille demoiselle. Naturellement, les Services Secrets, intrigués par cet amoureux nonchalant et obstiné, avaient eu vite fait de découvrir le pot aux roses, mais ne déclenchèrent pas de scandale. Ils se contentèrent de surveiller Mlle Voulaines et de l'aider, le cas échéant, à intoxiquer les Russes.

S'étant installée dans le petit espionnage – comme un fonctionnaire dans son nouveau poste – Henriette avait complètement perdu tout sens moral et s'arrangeait un charmant petit intérieur avec l'argent de la trahison. Ce soir-là, en quittant la Hans Place, Henriette calculait ce qu'allait lui rapporter le « tuyau » qu'elle venait de chuchoter aux Russes en un langage convenu (dont les Français possédaient la clef) et ce qu'elle achèterait pour enjoliver sa chambre et son living-room. Au moment où l'espionne atteignait la station de métro de Green Park, dans Piccadilly, elle s'entendit appeler, se retourna, surprise et reconnut Pointel qui était dans le bureau en compagnie du jeune diplomate venu de l'ambassade.

– Mademoiselle Voulaines...

– Oui?

– J'ai à vous parler.

– Mais...

– Venez!

Il lui prit le bras. Elle se dégagea assez vivement.

– En voilà des manières! Lâchez-moi! A moins que vous ne teniez à ce que je crie?

– Je ne vous le conseille pas. Quand on exerce le métier que vous exercez, on n'a pas intérêt à attirer l'attention.

Brusquement, Henriette sentit un grand froid l'envahir et la peur lui noua la gorge. Elle tenta d'user d'une défense piteuse.

– Je... je ne comprends pas...

– Je vous en prie! Nous avons un ami commun: Ronald Woodford.

– Ah! bon...

Elle respira, soulagée, en songeant que Pointel aussi trahissait et elle ne fit aucune difficulté pour suivre son compagnon dans Green Park.

– Henriette, ce que j'ai à vous dire est urgent et grave.

L'appellation familière acheva de la rassurer. Pointel regarda sa montre.

– Je n'ai que quelques minutes et il m'est impossible de joindre Victor. Puisque j'ai eu la chance de vous rencontrer, c'est vous qui lui répèterez ce que je vais vous apprendre.

Maintenant, elle avait une notable confiance en lui.

– M. de Saint-Sève... Vous êtes au courant, n'est-ce pas?

– Oui... oui...

– Eh bien! ce n'est pas après-demain, mais demain qu'il part.

– Vous me sauvez la mise! Sans vous, nos... amis auraient pu croire que je m'étais trompée ou que j'avais mal rempli ma tâche. Ce n'est pas à vous que j'apprendrai qu'ils n'aiment pas ça.

– Oui, ils ne sont pas faciles...

– Maintenant, excusez-moi, il faut que je rentre... je dois aller prendre le métro et avec le monde qu'il y a à cette heure-ci...

– D'accord.

– Alors, à demain, au bureau.

– A demain.

Henriette, de la cabine placée dans l'entrée de la station, téléphona aux Russes le renseignement qu'elle venait de recevoir.

Au moment où la rame du métro arriva, il y eut deux mouvements dans la foule, de flux et de reflux. Pointel, revenu derrière Henriette, sans être vu d'elle, la poussa brutalement et Mlle Voulaines lança un cri d'épouvante avant d'achever, sous les roues du « tub » de la Picadilly Line, une vie qu'elle avait sottement crue faite pour l'aventure.

2

Fedor Petrovitch était le type même du bon stalinien : fanatique et borné. Bien qu'il fût à Londres depuis trois ans, il ne cessait de regretter son Ukraine natale et les facilités de l'existence occidentale coulaient sur son cuir épais sans l'imprégner. N'ayant pas d'enfant, il vivait avec sa femme Natacha dans une annexe de l'ambassade soviétique dont ils ne sortaient guère ni l'un ni l'autre. N'éprouvant aucune curiosité, vivant dans leur foi communiste comme les moines d'Occident dans leur foi en Dieu, ils n'étaient absolument pas tentés par les artifices d'une civilisation dont on leur avait appris à se défier. Tandis que Natacha cuisinait des plats ukrainiens, Fedor s'enfermait dans son bureau où l'énorme rumeur de la capitale britannique ne parvenait pas. Petrovitch, chef de la branche des Services Secrets avait son univers à lui. L'ambassadeur et le personnel de l'ambassade l'ignoraient.

Fedor Petrovitch ressemblait à un ours dont il avait le torse puissant, les membres supérieurs fort longs, les inférieurs assez courts et il marchait un peu à la façon d'un ursidé quand il avance debout. Fedor avait pour adjoint Boris Levonovitch qu'il méprisait quelque peu, car il était un produit des écoles soviétiques. Fedor flairait du bourgeois dans ce garçon. Il ne lui pardonnait pas de préférer Tolstoï à Cholotov et de lire du Pasternak, cet ennemi du réalisme soviétique. Enfin, il lui reprochait une sentimentalité romantique qui l'inclinait, à trente ans, à vivre un grand amour avec la secrétaire de ce petit groupe Alexandra Laversinova, une belle fille brune qui, elle aussi, approchait de la trentaine. En compagnie de Boris, à chacune de leurs heures de congé, elle se promenait dans Londres en le tenant par la main. Si Boris demeurait un bon Soviétique, Alexandra était terriblement tentée par les mœurs capitalistes. Elle savait qu'elle ne retournerait plus en U. R. S. S. et qu'elle n'épouserait jamais Levonovitch. Les deux jeunes gens étaient sans cesse épiés par la haine vigilante de Piotr Vakouliev, homme à tout faire, intelligent et sans scrupule. Il détestait Boris parce qu'il était plus beau garçon que lui et beaucoup plus cultivé. Il en voulait à Alexandra de ne pas se soucier de sa personne plus que de la poussière du bureau mal tenu. Tous – y compris Fedor Petrovitch – redoutaient Piotr dont on savait qu'il était l'homme du M V D et qu'il aurait toujours raison dans les différends susceptibles de l'opposer à des gens qui lui étaient hiérarchiquement supérieurs du moins en apparence. Piotr, mince et souple, paraissant toujours brûlé par un feu intérieur, plaisait du premier moment aux femmes, mais très vite, elles se détournaient de lui. Il faisait peur. L'une d'elles, un jour, lui avait dit qu'il sentait la mort. En fait, Piotr Vakouliev était une admirable machine à tuer.

Dans le bureau où les trois hommes travaillaient en silence, on entendait, – en prêtant l'oreille – le bruit de la machine à écrire sur laquelle tapait

Alexandra. Le vibreur du téléphone résonna. Piotr décrocha, dit deux ou trois fois « da » et raccrocha. Souriant, il annonça :

– Henriette Voulaines est morte.

Les deux autres relevèrent la tête. Vakouliev ajouta :

– Quelqu'un l'a poussée sous le métro.

Levonovitch remarqua :

– Plutôt moche comme fin, non?

Fedor haussa les épaules.

– Une Française... On sait qui est l'auteur du meurtre?

– Accident, bien sûr... Je pense que ce sont ses compatriotes... Ils ont dû s'apercevoir qu'elle trahissait.

Petrovitch parut calculer.

– C'est un genre de mort, qui, de la part de la victime, réclame beaucoup de confiance ou beaucoup d'inattention... D'où, j'en conclus que la Voulaines n'a pas eu le temps de leur avouer ce qu'elle nous avait téléphoné au sujet de ce Saint-Sève... Juste, Vakouliev?

– Juste, Fedor Petrovitch.

– Bon. Il faudra arrêter son compte et se mettre en quête d'une autre personne aimant l'Union Soviétique et l'argent.

– Surtout l'argent, Fedor Petrovitch.

Le chef ricana avec mépris.

– Surtout l'argent, Piotr Vakouliev... Ça ne va pas, Boris?

– Je ne me ferai jamais à ces exécutions...

Piotr grommela :

– Sentimentalité petite-bourgeoise...

– Quand je souhaiterai connaître votre opinion sur mon compte, je vous la demanderai, Vakouliev !

– Je vous la donnerai sans que vous me la demandiez, Levonovitch : vous n'êtes pas un vrai communiste !

Boris voulut se jeter sur son adversaire, mais Fedor intervint :

– Camarades ! Oubliez-vous où vous êtes ? Boris, il serait nécessaire que vous vous débarrassiez une fois pour toutes de ce romantisme qui date de l'esclavage tzariste ! Un bon communiste ne doit penser qu'à sa patrie ! Quant à vous, Vakouliev, vous me ferez le plaisir de mesurer vos paroles !

– Je répète, Fedor Petrovitch, que Boris Levonovitch n'est pas un vrai communiste.

– Vous insistez, Vakouliev ? Prenez garde !

– A quoi ? Qui me reprocherait de dénoncer un homme ami d'une femme trahissant la Russie ?

Il y eut un court silence. D'un geste, Fedor arrêta Boris et se dirigea à pas lents vers Piotr. Il donnait une telle impression de force que Vakouliev recula instinctivement avant de se reprendre. Petrovich attrapa Piotr par sa veste et demanda d'une voix sourde :

– C'est à Alexandra Laversinova que tu as fait allusion ?

– Oui.

– Attention, Piotr Vakouliev, si tu as menti je me mettrai en colère et si je me mets en colère, je te tue : Parle !

– Depuis trois mois, Alexandra est payée par

les Anglais pour leur communiquer ce que nous décidons.

Boris se précipita. D'un revers de bras, Fedor l'envoya au sol à moitié assommé.

– Parle vite, Piotr ! Vite !

– Le dernier vendredi de chaque mois, elle se rend à Cricklewood dans la succursale d'une banque, toucher un chèque de 900 livres sterling, signé par un certain John Osborn, avocat qui n'est autre que Malcolm Abergavenny.

– Ce salopard d'Écossais ! Appelle Alexandra et toi, Boris, si tu dis un mot, si tu esquisses un geste, je te brise les reins ! Je le jure sur les mânes de Lénine ! Regagnez vos places, camarades, qu'elle ne se doute de rien.

Alexandra entra, vive, légère, respirant le bonheur de vivre. Fedor lui sourit.

– Je voudrais que vous preniez une lettre, Alexandra Laversinova...

– A vos ordres, Fedor Petrovitch.

Fedor se mit à dicter une quelconque missive dénuée de tout intérêt quand, sans changer le rythme de ses paroles ni modifier le ton de sa voix, il demanda :

– C'est le dernier vendredi du mois... Irez-vous à Cricklewood, ce soir, Alexandra?

Endormie par le débit monocorde et la platitude du texte, la jeune femme répondit automatiquement :

– Oui...

– Pour toucher le chèque mensuel de John Osborn?

Du même instant, elle réalisa qu'elle n'était pas une bonne espionne puisqu'elle ne savait pas se tenir constamment sur ses gardes et qu'elle était perdue. Elle regarda Fedor Petrovitch et comprit qu'elle n'avait plus beaucoup de temps à vivre. Instinctivement, elle se tourna vers Boris et éprouva quelque réconfort à voir ses yeux remplis de larmes. Le goût de l'Occident n'avait pas tout à fait éteint en elle le fatalisme russe. En outre, dans les moments difficiles, elle retrouvait un courage naturel.

Gentiment ironique, elle demanda :

– Et alors?

Le teint de Fedor vira au rouge :

– Tu avoues, garce !

– Que je hais votre régime de brutes et de policiers? Bien sûr que oui.

Boris gémit :

– Alexandra, comment as-tu pu...?

Elle eut un rire triste.

– Pauvre Boris... Ne te mêle pas de cette histoire, tu ne comprendrais pas... Ça te dépasse... Tu es né pour être esclave, un esclave qui se rendra compte de sa misère mais n'aura jamais la volonté de s'arracher à la servitude.

Petrovitch rugit :

– Tu vas te taire, oui !

– Vous êtes un intermédiaire entre la bête et l'homme, Fedor Petrovitch, mais plus près de la bête.

Il la frappa de toute sa force énorme et du tranchant de sa main droite, entre l'épaule et le menton. Elle tomba sans un cri. Ils restèrent, stupides, à se regarder. Boris sanglota :

– Alexandra...

Piotr chuchota :

– Méfiez-vous, Levonovitch... un bon communiste ne pleure pas les traîtres...

Fedor regagna lentement son bureau.

– Où en est-elle, Piotr?

Vakouliev se pencha sur la victime.

– Elle est morte.

– Avertissez le docteur Bounine que notre camarade Laversinova est décédée brusquement d'un infarctus... Boris, vous allez rentrer à Moscou... Vous n'êtes pas fait pour ce métier... Piotr, débarrassez-nous de ça...

Et du doigt, il désigna le cadavre d'Alexandra qui avait rêvé d'une toute autre évasion.

3

Malcolm Abergavenny alluma sa pipe avec le soin minutieux qu'il apportait à tout ce qu'il faisait. C'était un homme fort distingué qui, depuis son passage à Cambridge, était auréolé d'une réputation d'excellent joueur d'échecs. Il aimait la bonne chère et pour Christmas offrait toujours un livre de cuisine française à sa femme, Maud, qui était si merveilleusement fermée à la gastronomie qu'elle la considérait, patriotiquement, comme une tare européenne dont son époux était atteint. Malcolm luttait contre le porridge et le ketschup conjugaux en ne rentrant le plus souvent chez lui que rassasié.

– Hello, John... Que pensez-vous de l'astuce de nos amis français?

– Enfantin, Sir...

– Vous n'aimez décidément pas les Français, John?

– Non, Sir.

– Pourquoi?

– Je ne sais pas, Sir.

– Admettez que sans notre petite amie russe, nous n'aurions pas été au courant de leur combine d'envoyer à Nice un jeune diplomate inconnu... C'est dommage pour ce garçon et d'autant plus qu'il est fiancé à la fille de lord Otterburn.

– Je ne comprends pas, Sir, qu'un lord anglais donne son unique enfant à un étranger.

– John... Un Français n'est tout de même pas un Noir ou un Chinois.

– Pour moi, je ne vois pas de différence.

– Vous, vous descendriez d'un bâtard du Cromwel que je ne serais pas étonné...

– Hélas, non, Sir.

– Je ne nourris pas d'inquiétude quant aux scrupules qui pourraient vous rendre votre mission pénible si vous deviez éliminer M. de Saint-Sève.

– Vous avez raison, Sir.

Abergavenny fuma sa pipe en silence, puis :

– Il doit faire beau en Écosse, John, aujourd'hui...

– Peut-être, Sir.

– Quand je pense que j'aurais pu rester au Vieux Pays et que je vis dans ce bureau en combinant des ignominies dont la plus légère déshonorerait un gentleman à jamais...

– Nous travaillons pour la Couronne, Sir.

– Je vais vous scandaliser, John : je m'en fous !

– De quoi, Sir ?

– De la Couronne, John.

– Oh ! Sir...

– Ça ne vous touche pas, John, l'idée que vous tuerez peut-être ce garçon qui a pris un si joli départ dans la vie ?

– Je ne me pose jamais de question, Sir.

– Au fond, John, très entre nous, vous êtes un monstre, un petit frère de Jack l'Éventreur... Savez-vous que vous me dégoûtez, John ?

– J'en suis navré, Sir.

– Mais c'est vous qui avez raison, John. Quand on a choisi de vivre dans l'ordure, il vaut mieux s'y plaire, c'est moins pénible.

Pendant le silence qui suivit, Abergavenny examina Swindon. Sec, assez grand, ses gestes étaient d'une onctuosité quasi cléricale, et d'une souplesse révélant l'excellent escaladeur de rochers qu'il avait été. N'importe qui l'eût pris – dans son costume sévère – pour un religieux ayant abandonné sa paroisse provinciale pour venir passer quelques jours dans la capitale, à condition de ne pas chercher à voir ses yeux. Là, plus de douceur, plus de timidité, mais une sorte de déshumanisation. Le regard, minéral, semblait privé de vie. Malcolm savait à peu près tout de John : le nombre de cadavres qu'il avait à son actif, son courage sans limite, son dévouement inconditionnel à la Couronne. Un homme pour qui les mots amour, tendresse, amitié semblaient être dépourvus de signification. Mais que pensait John Swindon? On l'ignorait car nul n'avait reçu la moindre confidence de sa part. Aubergavenny inclinait à croire que John ne pensait jamais. La mission dont on le chargeait suffisait à lui occuper l'esprit. Quand il n'était pas sur la piste de quelqu'un, il vivait au ralenti, pareil à la marmotte attendant les premiers rayons du soleil printannier pour se réveiller. Une mission nouvelle jouait auprès de Swindon le rôle du soleil. Une sorte de robot dangereux.

– John...

– Oui, Sir.

– Il faudra accorder une prime à Alexandra Laversinova. Elle nous a rendu un fier service. Sans elle, M. de Saint-Sève aurait eu vingt-quatre heures d'avance sur vous. C'eût été beaucoup.

– Je les aurais rattrapées, Sir.

– Peut-être que oui, peut-être que non... Voyez-vous, John, la grande faiblesse des Russes – et qui nous sert – est qu'ils ont érigé en dogme la stupidité des Occidentaux. Donc, vous partez demain soir, John...

– A vos ordres, Sir.

– Il n'est pas douteux qu'un agent russe sera du voyage.

– Je le connais, Sir. Il s'agit de Piotr Vakouliev, un tueur qui a fait ses preuves.

– Mais qui ne vous inquiète pas?

Swindon eut un sourire cruel.

– C'est le genre d'adversaire que je préfère, Sir.

– Bien ! Pendant que vous chasserez le Français sur le continent, je vais m'offrir trois jours de vacances et aller chasser la grouse en Écosse. Voudriez-vous appeler Tom, s'il vous plaît ?

– Je dois préparer mes affaires, Sir, je pourrais prévenir Tom en passant.

– Entendu.

Demeuré seul, Malcolm se demanda une fois de plus quelle idée saugrenue l'avait poussé à déserter le Foreign Office pour entrer dans un service où il lui fallait fréquenter quotidiennement des gens comme Swindon. Il est vrai qu'il s'ennuyait au Foreign Office, mais il ne s'y dégoûtait pas. Une courte détente en Écosse le remettrait d'aplomb. L'air pur du pays natal lui flanquerait peut-être un coryza mais chasserait les miasmes londoniens.

*
* *

C'était dans la nature de John Swindon de ne faire confiance à personne. Il n'aimait pas s'annoncer, il préférait surprendre. Il ne frappa donc pas à la porte de Blandford, le chauffeur-gorille de Abergavenny et se contenta d'entrer.

– Salut, Tom !

Le grand rouquin occupant la chambre se retourna vivement en repoussant le tiroir d'une commode où il venait (John en était sûr) de jeter quelque chose.

– Ah ! c'est vous, Mr. Swindon...

– Le patron vous réclame d'urgence.

– D'accord, je vais y aller.

– Non, non, filez tout de suite ! Il n'est déjà pas de si bonne humeur...

Visiblement, Blandford hésitait. Sottement, il demanda :

– Vous m'accompagnez?

– Jusqu'au couloir.

La réponse parut soulager le chauffeur d'un grand poids. Ils sortirent ensemble et Tom referma soigneusement la porte derrière lui avant d'en glisser la clef dans sa poche. Ils descendirent l'étage et à l'entrée du couloir menant au bureau du patron, les deux hommes se séparèrent. Sitôt qu'il fut hors de la vue de Blandford, John grimpa quatre à quatre l'escalier. Ce fut un jeu d'enfant pour lui que d'ouvrir la chambre de Tom où il se précipita vers la commode. Il y trouva ce que le chauffeur y avait enfermé : des carnets de chèques sur plusieurs banques de Londres, chacun portant inscrite une assez jolie somme. Swindon reposa les chéquiers. Serait-il possible que Blandford trahît? Un goût de sang lui envahit la bouche comme à chaque fois qu'il s'apprêtait à tuer.

Redescendu, John attendit que le chauffeur soit sorti du bureau d'Abergavenny pour feindre de rentrer de l'extérieur.

– Ah ! Tom... Rien de grave, au moins?

– Vous parlez ! On file en Écosse cette nuit !

– Dans ce cas, nous partons tous.

– Parce que vous aussi... vous...

– Exact ! Seulement, tandis que vous, vous gèlerez dans les brumes écossaises, moi je me réchaufferai au soleil de la Côte d'Azur.

– Veinard !

– Tom, mon vieux, pour calmer votre amertume et arroser mon aubaine, je vous paie un verre !

C'était là une offre si inattendue que Tom se trouva assis dans un pub, avant d'être revenu de sa surprise. Ils se portèrent mutuellement un toast à la réussite de leurs projets immédiats. Blandford demanda :

– Alors, comme ça, Mr Swindon, vous partez vous balader sur la Côte?

– Oui, je dois courir après un Français...

– Non !

– Si ! Tenez, mon vieux, vous êtes de la maison, je peux donc me montrer franc avec vous... Figurez-vous que ces Frenchies se croyant toujours plus malins que n'importe qui, ont imaginé d'envoyer chercher un pli secret à Nice, non pas par un des types de leur service, mais par un jeune diplomate dont nul ne doit – selon eux – soupçonner la mission. Pour éviter des indiscrétions et mieux brouiller les pistes, ils le feront voyager en bateau et en train. De plus, alors que les bureaux ont été avertis que M. de Saint-Sève – c'est le nom du diplomate – partirait après-demain soir, ils ont avancé son départ de vingt-quatre heures. Heureusement que le petit père Swindon a du flair et demain, il montera dans le même wagon que sa future victime.

– Eh bien ! dites donc...

– Naturellement, Blandford, pas un mot de tout cela, hé?

– Vous pensez ! Alors, merci Mr Swindon et bonne chance.

– Bonne chance à vous aussi !

– Oh ! moi, je n'ai pas spécialement besoin de chance pour ce que je fais.

– Je crois, au contraire, que vous avez besoin de beaucoup de chance.

Inquiet, Tom se retourna :

– Pourquoi ?

Dans un sourire abominablement faux, John répondit :

– La route est si dangereuse !

Rassuré, le chauffeur s'en fut et Swindon se lança sur ses traces. John savait merveilleusement ne pas attirer l'attention de celui ou de celle qu'il suivait. Il avait l'étrange habileté de se rendre « anonyme », de se fondre parmi les passants. Derrière Blandford, il gagna un pub « l'Éperon d'Argent » et, en entrant, il ne vit pas le chauffeur. Il fila aux lavabos près desquels il y avait une cabine téléphonique. Tom avait commis l'erreur à ne pas commettre : il tournait le dos à la porte. Swindon approcha et entendit les bribes de phrases qui renforcèrent sa conviction : le chauffeur trahissait la Couronne ! Swindon sortit un pistolet de sa poche, y vissa un silencieux, ouvrit la porte de la cabine et dit gentiment :

– Tom...

Blandford se retourna et ses yeux se déssillèrent. Il murmura d'une voix rauque :

– Swindon...

– Vous n'êtes pas discret, Tom et c'est une grosse faute...

– Je vais vous expliquer...

– Inutile, Tom, je suis au courant...
– Mais...
– Vous n'auriez pas dû préférer les dollars. Mr. Abergavenny sera navré, qu'y pouvons-nous?
– Je vous en supplie, Mr Swindon...
– Adieu, Tom.
– Je...
Les coups de feu ne firent que très peu de bruit. Blandford vacilla, se cramponna puérilement au téléphone puis glissa lentement vers le plancher.

*
* *

Aubergavenny décrocha le téléphone.
– Oui?
– Ici, Swindon, Sir.
– Qu'est-ce qu'il y a, John?
– Une mauvaise nouvelle, Sir. Tom ne vous emmènera pas en Écosse...
– Parce que?
– Parce qu'il est mort, Sir.
– Ah?
– Une indigestion de dollars, Sir.
– Ah?... C'est vous qui l'avez... soigné?
– Exact, Sir.
Un petit silence, puis :
– Vous me dégoûtez, John.
– Je sais, Sir.

4

Violet Stone était une ravissante Eurasienne. Sur son passage, les hommes se retournaient et les femmes s'irritaient sans savoir pourquoi. Tous ceux qu'elle croisait se demandaient qui elle s'en allait rejoindre et l'enviaient. Violet, ayant remonté Baker Street de son pas élastique, gagna l'entrée sud de Regent's Park et par le York Bridge, s'enfonça dans le Jardin de la Reine Mary. Là, grimpant le petit sentier d'une mini-montagne, elle prit place sur un banc où un Chinois à lunettes et à cheveux gris lisait Confucius. Violet alluma une cigarette, la fuma sans hâte, l'écrasa sur le sol et remarqua à haute voix :

– N'est-ce pas une erreur de lire lorsqu'on se trouve sous un arbre ?

Sans relever la tête, le vieux Chinois dit :

– Celui qui cultive la sagesse et ne cesse de la cultiver n'y trouve-t-il pas de la satisfaction ?

– Je suis venue parce que j'ai appris des choses.

– Les odes du Cheu King sont au nombre de trois cents. Quatre mots les résument : « Avoir des intentions droites ».

– Telles sont les miennes.

– Dans ce cas, le sage conseille de fermer le livre et de mettre son attention dans son oreille.

Alors Violet Stone rapporta ce que Tom Blandford avait téléphoné à Burt Chard, le chef du service américain. Le Chinois l'écouta sans l'interrompre une seule fois. Quand elle eut terminé, il assura :

– Je rapporterai ces paroles.

– J'ai besoin d'argent.

– Je m'en doute. Confucius enseigne que Houei avait presque atteint la plus haute perfection. Il était ordinairement dans l'indigence, sans en éprouver aucune peine.

– Je ne suis pas Houei.

– Je ne l'ignore pas.

Le Chinois se leva et s'en fut à pas menus. Violet pensa qu'elle éprouverait du plaisir à le tuer, tant elle supportait mal son mépris souriant.

*
* *

Burt Chard était né apoplectique. Sa mère confiait à qui voulait l'entendre qu'à peine sorti de son sein, son fils avait piqué une terrible colère dont le souvenir demeurait dans le quartier et que depuis quarante-cinq ans, il continuait à crier. La silhouette de Burt s'inscrivait dans un carré. Aussi haut que large. Pas particulièrement méchant, ses crises de fureur à propos de n'importe quoi constituaient ses soupapes de sûreté. Au contraire, son assistant, Sam Warmwell était le modèle de l'homme décontracté. Grand, souple, rompu à la pratique des sports de combat, il se battait avec une volonté clairvoyante parce que dénuée de passion. Il faisait son métier et le faisait bien. Beau garçon – brun à l'œil bleu – à quarante ans, Sam ne rencontrait guère de cruelles. Il trouvait l'existence agréable et agissait de son mieux pour la savourer le plus longtemps possible. Tout autre que Warmwell n'eût pas jugé, en ce moment, l'existence tellement joyeuse, car Burt Chard était en proie à un de ses accès quotidiens mais qui, cette fois, paraissait justifié.

– Enfin, c'est insensé qu'on puisse dire à Washington : si vous tenez à ce que nos adversaires soient au courant de certains de nos projets, vous n'avez qu'à les confier à notre service de Londres sous le sceau du secret ! Non, mais vous vous rendez compte, Sam? De quoi vais-je avoir l'air quand je rentrerai au pays?

– Faut pas vous biler, patron !

– Vous en parlez à votre aise ! Je ne souhaite pas finir ma carrière dans un bureau où je ne serais pas le chef et pour ne rien vous cacher, Sam, voilà ce qui me pend au nez.

– Je crois que vous exagérez, patron. Vous êtes trop vieux dans le métier pour ne pas savoir qu'aucun service secret – à moins qu'il ne s'agisse d'entreprises considérables – ne peut être à l'abri des espions adverses. Ça n'a d'ailleurs aucune importance. Seules comptent l'efficacité et la vitesse de réalisation.

Burt parut réfléchir, puis :

– Vous avez peut-être raison, Sam puisque notre homme du service anglais m'a téléphoné pour me mettre au courant de la dernière combine de ces sacrés rigolos de Français...

Chard exposa alors, dans le détail, ce qu'était la mission de M. de Saint-Sève et pria son interlocuteur de noter le lieu et l'heure du départ du jeune diplomate. Il conclut :

– Naturellement, vous lui filez le train, Sam, et d'une manière ou d'une autre, vous me rapportez ce que ce Saint-Sève va chercher à Nice. O. K.?

– O. K.... Si ça se trouve, je serai dans l'obligation de démolir un aristocrate français...

– Ça vous ennuie?

– Un peu.. J'aime beaucoup les Français mais pas au point de leur permettre de m'empêcher de faire mon boulot.

– Je préfère. Naturellement, vous rencontrerez ce vieux Swindon, sur la piste que vous suivrez.

– J'ai l'habitude. Je me demande en quoi il aura jugé bon de se déguiser cette fois...

– Il m'étonnerait que les Popofs ne soient pas, eux aussi, dans le coup.

– Soyez assuré qu'ils y seront... On va se retrouver, notre joyeuse bande habituelle, aux trousses du Français... sans compter les Chinetoques.

Surpris, Chard regarda son interlocuteur.

– Pourquoi diable les Chinois?

Warmwell sourit :

– N'avez-vous pas dit que pour les huiles de Washington, notre service ressemble à une passoire?

– D'accord, mais...

– Il y a combien de temps que l'Anglais vous a appelé?

– Une heure environ, pourquoi?

– ... Où est Miss Stone?

– Elle a sollicité la permission de rentrer chez elle, elle se sentait très fatiguée... Je ne vois pas en quoi...?

– Une minute...

Sam prit le téléphone et appela le standard.

– Miss Cameron, ne vous a-t-on pas demandé le 794-92-16 il y a quelques instants...?

– Exactement une demi-heure, Mr Wamwell.

– Et qui a appelé ce numéro?

– Miss Stone.

– Merci.

Sam raccrocha, regarda sa montre et déclara :

– Je pense que maintenant les Chinois sont au courant ou vont l'être.

– Parce que vous croyez que Miss Stone...

– Je ne le crois pas, j'en suis sûr...

– Ça alors ! Cette charmante fille...

– Cette charmante fille avait 200 livres à son compte chez Barclay quand elle est arrivée chez nous, il y a 14 mois... Elle gagne 200 livres... Elle est très coquette et se fournit dans les bonnes maisons... Son loyer est de 70 livres par mois. Malgré cela, son compte à la Barclay est de 850 livres et un compte qu'elle a ouvert à la Westminster sous le nom d'Annable Calshot s'élève à 2 552 livres.

Burt en siffla de surprise.

– Sam, pourquoi avez-vous attendu pour...

– Je voulais être sûr...

– Pas d'erreur possible?

– Pas la moindre, patron... Sitôt qu'elle a été au courant de votre entretien téléphonique avec l'Anglais, elle a appelé le 794-92-16 qui est le numéro d'un Chinois tenant dans Kensington un commerce de produits d'importation. Or, ce Chinois a un cousin qui est concierge à l'ambassade de Mao.

– Ça va... D'accord avec vous, Sam, elle nous a possédés, moi surtout... Ce qu'elle devait se foutre de ma physionomie, la garce !...

Warmwell comprit que son chef allait lui offrir le spectacle d'une de ces colères qui épouvantaient son entourage, sauf Sam. Avant d'entrer au Service, Chard avait eu mille occupations et avait retenu les mots les plus orduriers en usage dans chacun des métiers qu'il avait, un temps, exercés. Cela lui servait à émailler ses furieuses harangues d'expressions folkloriques. Quand il se fut époumonné durant cinq minutes, il conclut en haletant :

– On ne s'est jamais moqué de moi bien longtemps, Sam, et je vous jure que ce n'est pas cette espèce de bâtarde jaune qui commencera ! Où habite-t-elle ?

– Cartwright Gardens, au 327, deuxième étage.

– Maison particulière ou pension de famille ?

– Maison particulière.

Chard eut un sourire mauvais.

– J'aime mieux...

Il se leva.

– Je vais rendre visite à Miss Stone.

– Vous ne préférez pas...

– Non, Sam, c'est devenu une histoire personnelle.

Warmwell haussa les épaules. Il n'approuvait pas. Pour lui, c'était une étrange faiblesse que de mélanger les sentiments et les affaires du service.

*
* *

En quittant le disciple de Confucius, Violet Stone rentra chez elle sans se presser. Elle flâna dans Regent's Park. Elle n'éprouvait aucun remords de trahir les Américains. Ni Jaune ni Blanche, elle refusait de se dévouer à celui-ci plutôt qu'à celui-là. Elle n'entendait servir que ses propres intérêts et s'y employait de son mieux. Pour fêter sa nouvelle victoire, elle décida de s'offrir un bon dîner dans un restaurant de Jermyn Street, mais auparavant, il lui fallait prendre un bain et se changer.

Violet chantonnait en ouvrant la porte de son appartement, mais au moment où elle entrait dans son living-room, elle s'arrêta net sur le seuil, pétrifiée par la surprise : assis dans le meilleur fauteuil, son patron Burt Chard lui souriait.

– Je constate avec plaisir, Miss Stone, que votre petit malaise semble s'être dissipé ?

– Co... comment... êtes-vous là ?

– Voyons, Miss Stone, si le chef d'un Service Secret ne savait pas forcer une serrure, que penseriez-vous de lui ?

En dépit de son sang-froid anglo-saxon, et de son fatalisme oriental, Violet était en proie à une panique qu'elle ne parvenait pas à surmonter.

– Je m'étonne cependant que vous ayez pensé devoir vous introduire chez moi sans...

– Miss Stone ! Si j'étais resté sur le palier, c'eut été beaucoup plus compromettant pour vous. Allons, ne soyez pas si formaliste et offrez-moi un verre ?

Sans répondre, elle passa dans la pièce à côté pour

ôter son manteau. Elle était persuadée que l'Américain était au courant de sa trahison. Il la croyait vraiment plus sotte qu'elle n'était. Afin d'être prête à toute éventualité, elle glissa dans la poche de sa veste d'intérieur, un joli petit pistolet de dame, susceptible, de près, d'étendre raide n'importe quel bonhomme. Rassurée, elle revint dans le living-room avec un plateau supportant le whisky et les verres. Elle s'installa en face de son visiteur et lorsqu'ils eurent bu, elle s'enquit :

– Quel est le but de votre visite, Mr. Chard?

– Eh bien ! ma chère, j'aimerais que vous me rendiez un petit service.

– De quelle nature?

– C'est assez gênant à exposer... Voilà... J'ai le malheur d'être joueur... J'ai perdu assez gros hier soir... J'ai besoin de 1 500 livres... Je serais ennuyé de devoir les réclamer à notre caissier qui risquerait de se montrer curieux... Bref, pouvez-vous me prêter cette somme?

– Moi?

– Vous.

– Mr. Chard, savez-vous ce que je gagne par mois?

– 200 livres.

– Alors, où voulez-vous que je trouve cet argent?

– Mais sur le compte de Miss Calshot à la Westminster !

Le coup ne désarçonna pas Violet qui s'y attendait. Elle n'ignorait pas que sa liberté et peut-être sa vie allaient se jouer dans les minutes qui suivraient.

Elle alluma une cigarette, fixa Burt dans les yeux et demanda :

– Et maintenant?

Le calme de cette fille exaspérait Chard qui se mit en colère.

– Vous m'avez roulé, garce !

– Pas difficile.

Elle sentait qu'il fallait le mettre hors de lui.

– N... de D... !

– Soyez correct, je vous prie !

– Parce que vous vous figurez que je vais prendre des gants avec une ordure de votre espèce?

– Vous ne sauriez pas les porter.

– Et je n'en ai pas besoin pour la suite du programme, Miss !

Il se leva. Elle l'imita. Il contourna la table et elle recula.

– Je vais vous étrangler, Violet Stone... Il n'y a que de sentir votre vie filer sous mes doigts qui me calmera !

– Et sadique en plus, hé?

Il voulut se jeter sur elle, mais la vue du pistolet qu'elle braquait, l'arrêta :

– Vous n'aviez pas tout prévu, Mr. Chard, notamment que vous mourriez ce soir... Adieu, Mr Chard !

Burt, en voyant le doigt de Violet blanchir peu à peu sur la détente, était devenu livide. Soudain, levant les yeux par-dessus l'épaule de Miss Stone, il soupira, radieux :

– Sam !

La jeune femme ricana :

– Décidément, vous ne m'en épargnerez pas une !

Vous avez cru que je me laisserais prendre à une ruse aussi vieille que le...

Elle n'eut pas le temps d'achever. Une douleur atroce lui troua le dos. Elle voulut crier mais un flot de sang coula de sa bouche, tandis qu'une brume légère voilait son regard. Elle tenta de se retourner et mourut avant de le pouvoir. Warmwell s'agenouilla auprès du cadavre, en remarquant :

– Je ne serai jamais assez reconnaissant à ce vieux Portoricain qui m'a appris à lancer les couteaux...

Pendant que Sam retirait son poignard du dos de Miss Stone et en essuyait la lame, Burt buvait le whisky à même la bouteille qu'il reposa, éructa avec force et déclara :

– J'ai l'impression, mon vieux, que vous êtes arrivé juste à point.

– C'est aussi mon impression, patron.

5

Koan Hong-Cheng adorait Londres. Petit-fils d'un vieil homme héros de la Longue Marche, il avait dû à sa parentèle la chance d'être désigné pour servir de Premier Secrétaire à Néou-Töli qui dirigeait le service dans la capitale britannique. Brillant élève de l'Université de Pékin, Koan avait tout de suite milité au premier rang du parti. Plein de respect pour Mao, il avait eu l'habileté de ne pas trop se mouiller dans la Révolution Culturelle et de ne pas abandonner Chou En-Laï au profit de Lin-Piao lorsque ce dernier apparut comme le dauphin de Mao. Koan avait appris par cœur la presque totalité du Petit Livre Rouge pour pouvoir le citer le cas où il serait attaqué. En son for intérieur il estimait que des penseurs du genre de Mao n'ajoutaient rien à la gloire de la philosophie chinoise de ce temps et depuis deux ans qu'il vivait à Londres, il jugeait qu'ils seraient tenus pour des élèves de la classe maternelle par les penseurs occidentaux. En somme, Koan Hong-Cheng était gangréné par les délices de l'existence capitaliste.

Dès qu'il avait un moment de liberté, Koan courait les rues de Londres, les musées de Londres, les bibliothèques de Londres. Il s'était risqué dans quelques réunions politiques d'intellectuels de gauche, mais il avait entendu tant d'inepties sur son pays qu'il avait falli se lever et crier à ces imbéciles ce qu'était vraiment l'existence dans l'ex-Empire Céleste. Il est vrai que lui-même, ajoutant foi aux propagandes, croyait (jusqu'à son arrivée en Angleterre) que l'Occident était un vaste camp de concentration où des populations entières gémissaient sous le joug du capitalisme. Parce qu'il était intelligent, Koan eut vite compris que depuis trente-deux ans il vivait dans le mensonge. Le jour où il se résigna à en convenir, il renia son pays et sa foi. Il décida, alors, qu'il ne retournerait pas en Chine. Il ignorait de quelle façon il s'y prendrait, mais il était certain qu'il ne rentrerait plus à Pékin. Il ne se trompait pas.

Quand, au retour de ses promenades citadines, Koan poussait la porte où s'abritait le Service, il avait le sentiment profond de pénétrer dans un autre monde où le Chef – Néou Tö-li – lettré de qualité, payait d'un dévouement absolu à Chou En Laï le droit de lire ce qui lui plaisait et d'aller, en secret, écouter les comédiens anglais jouer Shakespeare. Silencieux et prudent, Néou surveillait avec le plus vif intérêt l'évolution psychologique de Koan qui lui était sympathique. Il comprenait sa démarche intellectuelle, mais en redoutait les conséquences immédiates pour le jeune homme. A plusieurs reprises, il avait failli le mettre en garde, puis avait renoncé car la volonté d'un seul ne saurait arrêter les décisions des dieux. Il avait encore songé à prier sa gentille secrétaire – Teng Chang ping – qu'il savait amoureuse de Koan de l'avertir. Mais en cas de malheur, son attitude risquait d'être sévèrement commentée, d'autant plus que Lin Tchang naï haïssait tous ceux qu'il soupçonnait de ne pas brûler d'un zèle inconditionnel pour Mao, son idole. Lin avait – apparemment – la fragilité d'une porcelaine de la Vieille Chine bien qu'à vingt-cinq ans, il fut un pur produit de la Révolution Culturelle. Lorsqu'il n'était pas en mission, il filait Koan et cela depuis des mois et des mois. L'obstination du jeune homme à fréquenter les musées et les bibliothèques lui semblait une preuve indéniable d'un déviationnisme criminel. Ainsi, Lin Tchang-naï n'était-il pas loin de lui, le jour où dans le parc de l'Archevêque, à Lambeth, Koan rencontra Jean Pointel. Lin connaissait le Français contre lequel il avait déjà bataillé à plusieurs reprises.

Néou Tö-li, les yeux mi-clos, les doigts croisés sur

le ventre, écoutait Lin lui dire sa conviction de la trahison de Hang-Cheng.

– A-t-il trahi ou vous semble-t-il qu'il est dans les dispositions d'esprit requises pour céder à la tentation ?

– Il a trahi !

– Auriez-vous l'obligeance d'instruire mon ignorance ?

– Depuis cinq mois, Hang-Cheng rencontre chaque semaine Pointel, et toujours dans un endroit différent. Pourquoi ?

– Une question qui n'attend pas de réponse.

– Maître, il faut couper le membre gangréné.

– Chirurgie brutale.

– Pour éviter la contamination.

– Vous savez que je préfère le raisonnement pour convaincre plutôt que la coercition.

– C'est là une attitude qui risquerait de ne pas être comprise à Pékin.

Néou Tö-li avait de la sympathie pour Koan Hang-Cheng, mais il aimait beaucoup sa paix. Et puis, qui oserait contrecarrer les projets des dieux ? Il abandonna Koan.

– Vous agirez donc comme vous l'entendez Lin Tchang-naï. Je suis sûr que tout ce que vous entreprendrez, vous le ferez pour la plus grande gloire du Président Mao.

– Mille ans de vie au Président Mao !

Le maître s'inclina avant de poursuivre.

– Vous partez demain soir pour la France...

Rêveur, il ajouta :

– Un étrange pays...

– Un pays capitaliste et pourri !

Tö-li sourit :

– Vous devez être un homme heureux, Tchang-naï.

– Pour autant que je vis selon les directives du Président Mao.

– C'est ce que je voulais dire. J'espère que vous nous rapporterez le pli que le Français va chercher à Nice.

– Ou je mourrai !

– Seulement si c'est indispensable...

*
* *

Teng Chang-ping recopiait des notes prises sous la dictée de Néou-Tö-li, lorsque Lin Tchang-naï se glissa dans la pièce, sans bruit. Teng avait une peur affreuse de Lin, une peur physique. Elle craignait ses mains, elle redoutait ses yeux. Quand elle le vit près d'elle, elle tressaillit. Lin se rendait compte de cette angoisse latente qui l'amusait.

– Ma sœur voudrait-elle interrompre sa tâche pour écouter mes pauvres paroles ?

– Je suis votre servante...

– Vous avez beaucoup de sympathie pour Hong-Cheng ?

– Beaucoup...

– Et lui ?

– Je ne crois pas.

– Hong-Cheng est pourri, Teng Chang-ping ! Il s'est vendu aux espions étrangers.

– Oh !

– Et vous avez commis une grande faute, ma sœur, en vous intéressant à ce traître...

– Je... je ne savais pas... je ne me doutais pas...

– Si ma sœur Teng avait mieux médité sur le Petit Livre Rouge du Président Mao, elle ne serait pas tombée dans le piège.

Teng se crut perdue. Lin allait l'entraîner dans la chute de Koan.

– J'éprouve une grande honte et un grand regret.

Lin jouissait de ce désarroi évident.

– Je crains que ma sœur Teng ne soit rappelée à Pékin. La jeune fille baissa la tête.

– J'obéirai.

– Il y aurait peut-être un moyen d'arranger les choses et de vous laisser à Londres.

– J'obéirai.

– Hong-Cheng doit mourir pour la plus grande gloire du Président Mao.

*
* *

Koan était d'humeur joyeuse. Son ami français lui avait pratiquement promis de lui assurer un refuge, le jour où Pékin le rappellerait. Le garçon avait beaucoup de sympathie pour Teng, mais il ne l'aimait pas. Ne tenant pas à faire de la peine à la jeune fille, et se sentant trop heureux pour ne pas vouloir tout le monde heureux autour de lui, il avait accepté l'invitation inattendue à prendre le thé chez Miss Chang-ping.

Teng habitait une sorte de cage d'oiseau artificiellement fleurie, à la limite de Primerose Hill, dans un très vieil hôtel particulier chez des fonctionnaires retraités qui avaient passé les plus belles années de leur vie en Chine. Teng reçut son hôte selon l'antique cérémonial du thé et Koan en fut charmé. Il sut gré encore à son hôtesse de son babillage et à chacune de ses courbettes, il répondait par une autre courbette. Koan était si content de découvrir une Teng inconnue qu'il ne voulait point risquer de lui faire de la peine en lui avouant que son thé était mauvais parce qu'amer.

– Mon père – disait Teng – était un lettré qui passa la plus grande partie de son existence à établir une sorte de catalogue des différentes méthodes pour quitter la vie...

– Quelle étrange distraction... !

– Il affirmait travailler pour le bonheur des âmes fortes qui, désireuses de mourir, seraient heureuses de connaître les manières les plus douces.

– Et à laquelle accordait-il la palme?

– A celle qu'il nommait « la mort exquise ».

– Quel joli nom !

– Un poison subtil glissé dans le thé...

– Voilà qui, en effet, est bien aimable.

– C'est celle que j'ai choisie pour vous.

– Quoi?

– Lin Tcheng-naï sait que vous trahissez le Président Mao.

– Mais...

– Il a décidé que vous deviez mourir...

– Mourir...

– ... et m'a contrainte à me charger de ce soin.

– Je vais donc mourir?

– Là-dessus, il n'y a point de doute.

– Et de votre main...

– J'ai accepté en pensant que cela vous serait moins pénible.

L'amertume du thé où il n'avait cru discerner que maladresse était la preuve évidente de ce que la petite expliquait. Quoiqu'il se jugeât pénétré par la civilisation occidentale, Koan, en ce moment difficile, se sentait profondément chinois et agissait comme tel. Il se résigna à l'inévitable et s'allongea sur le divan.

– Avec votre permission, je vais l'attendre là.

– Me permettez-vous, à votre tour, de vous tenir compagnie?

– J'en serais heureux... Je commence à avoir froid...

– Elle ne va plus tarder... Un peu de musique vous aidera-t-elle?

– Je vous en prie.

Teng s'en fut chercher sa guitare et revint s'asseoir près du mourant.

– Avez-vous une préférence?

– Connaissez-vous: « l'Hirondelle danse dans le petit matin au printemps »? Ma mère me la chantait.

– Je la connais.

Les sons grêles coururent dans la pièce minuscule et Koan Hong-Cheng mourut paisiblement sur les notes que, pour l'endormir, sa maman fredonnait.

6

M. Ernecourt lisait les journaux du soir lorsque Pointel se présenta :

– Patron, mon Chinois vient de me téléphoner.

– Et alors?

– Ils sont au courant de nos arrangements en ce qui concerne la mission de M. de Saint-Sève !

– Et alors?

– Il est à penser que tous les autres sont aussi prévenus !

– Et alors?

– Dans ces conditions, M. de Saint-Sève risque gros !

– Et alors?

– Ce garçon m'a été sympathique.

– Pourquoi?

– Parce qu'il a l'air solide, résolu, sain.

– Dans ce cas, il réussira... Vous vieillissez Pointel.

– A quoi le voyez-vous?

– Vous devenez sentimental.

CHAPITRE II

PARTIR C'EST MOURIR UN PEU

1

En dépit d'une courtoisie sans défaut, d'une politesse impeccable aux rites minutieusement appris, Guillaume de Saint-Sève ne suscitait pas une sympathie spontanée. On se méfiait d'une raideur où l'on voyait de la morgue alors qu'il ne s'agissait que de complexes nouant le garçon. Cet état de choses tenait à l'éducation reçue. L'orphelin sans fortune mais porteur d'un « nom » avait été élevé dans une austérité destinée à l'empêcher de « se commettre ». Guillaume avait préparé le concours des ambassades parce qu'il ne lui semblait pas, tant on le lui avait seriné, qu'il eût le droit d'exercer une activité différente dans l'existence. La morgue qu'on lui reprochait venait du sentiment profond qu'il avait de ne pas être à sa place. Il portait en lui le regret de présences chères : les hommes et les femmes de la campagne ariégeoise où il avait grandi. Il n'osait pas s'avouer qu'une inclination naturelle le poussait vers les petites gens et leurs mœurs rustiques. Il détestait le monde figé où on le contraignait de vivre et s'il s'était fiancé à Helen Otterburn, c'était d'abord parce qu'elle était jolie, ensuite parce qu'elle était très riche, enfin parce qu'autant elle qu'une autre. Aux yeux de Guillaume, Helen faisait partie de ces étapes qu'il lui fallait franchir pour poursuivre sa carrière dans les meilleures conditions. Monsieur de Saint-Sève n'avait pas tardé à s'apercevoir qu'en dehors de l'argent rien, pas même sa fille, n'intéressait lord Otterburn. Il achetait à Helen le mari de son choix, le reste n'avait aucune importance. Contrairement à son époux, lady Jane était « née » et avait hérité d'une longue succession d'ancêtres titrés et grands buveurs de whisky, une éducation parfaite et une sottise vertigineuse. Quant à Lady Helen, elle tenait de son papa un sens pratique jamais pris de court et de sa maman une intelligence très moyenne, mais dont un babil incessant masquait les lacunes. Helen n'aimait pas plus Guillaume que Guillaume ne l'aimait. Simplement, cette alliance la flattait et elle se voyait déjà, au lendemain de son mariage, débarquant en France comme jadis les armées du Plantagenêt.

Parfois le soir, en rentrant de l'hôtel Otterburn, la porte de sa chambre refermée, les yeux clos, les poings crispés, Guillaume, avec une volupté sans pareille, débitait pour se soulager une série d'injures et de termes orduriers qui l'eussent fait mettre incontinent dehors si sa propriétaire en avait seulement entendu l'écho. Il est vrai que ces mots étaient proférés avec un accent si distingué qu'en passant entre les lèvres de M. de Saint-Sève, ils gagnaient une élégance inattendue.

*
* *

Il fallait que Guillaume prît congé de sa fiancée. De chez lui, il téléphona à la jeune fille pour lui demander s'il pouvait la rencontrer au plus tôt. Lady Helen déclara qu'elle serait enchantée de le revoir aussi vite que possible. L'affirmation gentille perdait de sa tendresse supposée dans les rires intempestifs dont l'héritière des Otterburn croyait bon de l'assaisonner. Il fut décidé qu'à neuf heures, M. de Saint-Sève se présenterait chez sir Tomas. Guillaume ne dîna pas car quelque chose – sans qu'il en pût préciser la nature – lui donnait mauvaise bouche. Il fut assez long à comprendre que la proposition trop vite acceptée – mais pouvait-il agir autrement? – maintenant, le gênait. Au fond, on l'avait chargé d'une besogne de policier, indigne de lui et de son rang. Il faillit appeler l'ambassade pour annoncer que, toute réflexion faite, il renonçait à la mission offerte. Évidemment, cela risquait de mécontenter les supérieurs dont il dépendait et sa carrière pouvait en souffrir. Une telle éventualité permit à Guillaume de se demander s'il souhaitait vraiment demeurer dans ce milieu. Il n'osa pas se répondre et admit, avec un peu de honte au bord de l'âme, qu'il irait à Nice, ne fût-ce que pour montrer à ces gens-là qu'un Saint-Sève pouvait se distinguer n'importe où et dans n'importe quelles circonstances.

Attendant qu'il fût l'heure de partir, il se disait qu'en vérité, il ne vivrait, sans doute, jamais de la façon dont il eût aimé vivre. Il ne put s'empêcher de sourire en songeant à celle qui l'avait élevé pour en faire un ambassadeur et à la figure qu'elle aurait montrée s'il lui avait avoué que pour suivre son inclination naturelle, il se serait volontiers retiré dans le petit domaine et la maison délabrée constituant le berceau des Saint-Sève. Il y eût vécu modestement, mais à sa guise, sans se soucier de l'opinion de celui-ci ou de celle-là. Hélas ! Il reconnaissait qu'il manquait du courage nécessaire pour infléchir le cours de sa vie en s'écartant du chemin tracé où toutes les étapes' étaient prévues.

De quelle façon Helen allait-elle admettre son départ ? Comprendrait-elle qu'il devait accepter une mission dont il lui était défendu de lui expliquer les détails ? Guillaume s'apercevait brusquement qu'il ne s'était jamais posé la question de savoir si Miss Otterburn était intelligente ou non, négligence disant assez la pâleur de sa flamme pour la fille de sir Tomas et de lady Jane. Après mûre réflexion, il convint qu'elle n'était pas trop sotte, superficielle plutôt et qu'appuyée sur une culture des plus minces, un charmant visage, une silhouette magnifiquement sculptée par le sport, elle voyait la vie à travers sa fortune, ses magazines et les films de ses acteurs préférés. Parce qu'il se trouvait dans un moment de dépression, Saint-Sève s'interrogea sur ce que serait son existence en compagnie d'Helen, et ne se donna pas une réponse très encourageante. Ce serait cet interminable rituel de figures compliquées où les gens du monde masquent leur absence de sentiment. Ah ! ce n'est pas lady Helen qui admettrait d'aller s'enterrer à Saint-Sève pour y goûter des heures de belle liberté, mais fort pauvres en ressources matérielles et plus encore en distractions. Parti dans ses songes mélancoliques, Guillaume se voyait entrer à Saint-Sève au bras d'une robuste fille de là-bas, pleine de rire et de santé qui mènerait solidement le domaine en attendant de lui faire de beaux enfants apportant un sang neuf à la vieille race. Il s'arracha avec un soupir de regret à ses rêves inutiles.

*
* *

– Guillaume ! Comme c'est adorable d'être venu me voir ! Je m'ennuyais tellement de vous ! Embrassez-moi vite, chéri, pour me consoler !

Helen mentait, mais avec tant de candeur et en se souciant si peu d'être crue, que l'on entrait volontiers dans son jeu. C'était vraiment une jolie fille, pas très grande, vive, avec des cheveux blonds ondulant naturellement. Son humeur enjouée ne cachait pas complètement l'indifférence de son regard. Elle prit son fiancé par la main et l'emmena au salon où, dans le silence le plus complet, sir Tomas lisait le Times et lady Jane s'obstinait dans les méandres multicolores d'une tapisserie commencée cinq ans tôt et qui devait représenter le roi Charles Ier arrivant au paradis sa tête sous son bras. Sir Tomas était un homme petit et trapu, généralement congestionné, qui ne vivait que pour suivre les cours du Stock-Exchange. Quand la Bourse fermait, en fin de semaine, il sombrait dans une mélancolie qu'il combattait par l'usage immodéré du whisky. Lady Jane était grande, mince, pâle et promenait sur le monde un regard perpétuellement ennuyé. Sous ses cheveux blancs, son long visage sans fard évoquait la quakeresse d'autrefois. Elle n'avait jamais accepté la mésalliance que ses parents – dans un but lucratif – lui avaient imposée en la vendant à Tomas Otterburn, pas encore anobli à l'époque et qui régnait – à la suite de son père et de son grand-père avant lui – sur les conserves de fruits au sirop. Otterburn demanda à son futur gendre ce qu'il pensait de la baisse, en Bourse, des actions des mines du Popocotepelt. Guillaume confessa n'avoir aucune opinion sur la chose et le père d'Helen se replongea dans le Times en se posant des questions sur ce que l'on apprenait aux diplomates. Lady Jane requit l'avis de M. de Saint-Sève pour décider s'il serait ou non de bon goût de faire figurer Cromwell dans cette apothéose post-mortem de Charles Ier. Guillaume ayant répondu par l'affirmative, elle décida aussitôt de n'en rien faire, car elle se méfiait ataviquement de l'opinion des Français qui avaient flanqué la bonne société en l'air en 1789.

Les rites familiaux respectés, Helen entraîna son fiancé dans ses appartements où elle le pria de lui expliquer les raisons d'une visite, agréable certes, mais inattendue. Guillaume parla d'une grave mission qui l'obligeait à s'absenter quelques jours pour se rendre sur la Côte d'Azur. Miss Otterburn ne se montra pas le moins du monde compréhensive et fit très grise mine en évoquant les délices immoraux de ce coin de France où les célibataires de toutes nationalités étaient régulièrement pris au piège. Pour éviter une querelle, Guillaume fut contraint à des éclaircissements supplémentaires desquels, emportée par l'enthousiasme, la jeune fille déduisit que son futur mari était une sorte de James Bond appelé à triompher d'embûches sournoises et imprévues.

– Chéri ! je suis encore plus fière de vous ! Ne croyez-vous pas que je pourrais vous accompagner?

– Helen ! Le propre d'une mission secrète est que personne – sauf celui qui en est chargé et celui qui l'en a chargé – ne doit en être au courant. Moi aussi, j'aimerais partir avec vous. Cependant, outre que ce ne serait pas correct, je ne pense pas que mes chefs le tolèreraient.

– Toujours ce terrible mépris de la femme !

– Mon train est à 10 heures demain soir à Victoria et je ne crois pas que j'aurai le temps de venir saluer vos parents.

– Ne vous tracassez pas pour cela ! J'irai vous dire au revoir sur le quai.

– Mais...

– Pas de mais ! je tiens à me rendre compte si une ravissante espionne ne vous prend pas en chasse !

– Je ne vois pas comment elle serait au courant, puisque vous êtes la seule... A propos, Helen, je compte sur votre discrétion... N'en parlez à âme qui vive...

– Me prendriez-vous pour une tête de linotte, chéri?

*
* *

Après le départ de son fiancé, Helen estima que la promesse de se taire faite au jeune homme ne pouvait concerner son amie d'enfance et confidente attitrée, Priscilla Burk. Elle lui téléphona donc la nouvelle en l'adjurant, au nom de leur amitié, de se taire. Priscilla s'y engagea formellement. Helen pensa que son engagement ne valait pas non plus pour sa mère à qui sa fille ne pouvait cacher quoi que ce soit. Elle fila donc entretenir lady Jane de la surprenante aventure qui survenait à M. de Saint-Sève. La lady ne comprit pas grand-chose à ce que lui racontait son enfant, cependant, au moment d'entrer dans la salle de bains pour y procéder à sa toilette de nuit, elle annonça à son mari :

– Vous seriez-vous douté, Tomas, que notre futur gendre puisse être choisi, entre des centaines d'autres, par son gouvernement pour porter un pli secret à travers de terribles dangers?

– Ah?... et à qui doit-il remettre ce message?

– Je ne sais pas... (elle eut un petit rire très distingué avant d'ajouter). Je n'aurais jamais cru devenir la belle-mère de Michel Strogoff...

Lord Otterburn qui enlevait son pantalon, suspendit son geste.

– Dois-je comprendre, ma chère, qu'Helen n'épouse plus son Français?

– Mais si, mais si...

– Alors pourquoi me parlez-vous d'un Russe?

– Pour rien, Tomas, simplement une réminiscence de ma jeunesse.

– Ah? En tout cas, si Helen préférait ce Russe au Français, moi, pourvu qu'il ne soit pas communiste...

*
* *

Priscilla s'était montrée moins discrète qu'elle ne l'avait promis et le lendemain, dans la matinée, alors qu'elle arrivait au golf de Horrow, lady Helen fut assaillie par d'élégantes curieuses et d'impeccables gentlemen ayant envie de savoir l'effet que faisait l'idée d'épouser un espion international. D'abord, la jeune fille s'indigna du manque de parole de son amie, ensuite elle trouva si passionnant d'être le centre de l'intérêt général, qu'elle entreprit, – en demandant le secret, bien sûr, mais sans insister outre mesure – de raconter ce que Guillaume s'était résigné à lui apprendre.

De son côté, lady Jane qui savourait quotidiennement la paix régnant en sa demeure lorsque son mari et sa fille étaient absents, ne put, ce matin-là, goûter les heures de repos constituant son petit paradis personnel car dès dix heures, lady Burk, mère de Priscillia, l'appelait pour savoir ce qu'il y avait de vrai dans ce que lui avait confié sa fille, au sujet du fiancé d'Helen. Avec lady Margaret, lady Jane pouvait se laisser aller à évoquer le bel autrefois (elles étaient du même âge) et parler, par exemple, de Michel Strogoff. En raccrochant, lady Margaret avait admis qu'un homme d'une qualité exceptionnelle allait s'intégrer aux Otterburn. Elle en avait marqué quelque dépit.

Au contraire de sa femme, sir Tomas s'était profondément irrité quand, passant à son club, plusieurs membres de celui-ci avaient tenu à le féliciter de la distinction flatteuse dont son gendre était l'objet. Il fallait, sans doute, jouir d'une solide réputation dans les milieux gouvernementaux de Paris pour s'être vu confier une mission aussi pleine de périls. La sincérité de ses interlocuteurs frappa sir Tomas qui, afin de ne pas déplaire, finit, sans conviction, par admettre que c'était en effet une « damnée » chance pour lui que d'avoir bientôt un gendre de la qualité de M. de Saint-Sève.

L'ambassadeur de France s'apprêtait à passer à table lorsqu'on lui téléphona du Foreigh Office pour lui souhaiter bonne chance à propos de la difficile mission de M. de Saint-Sève. Son Excellence, qui n'était au courant de rien, remercia et raccrocha en se demandant s'il comprendrait un jour quelque chose à l'humour britannique.

*
* *

Pour si étonnant que cela puisse paraître, Piotr Vakouliev avait une sœur – Vera – longtemps remarquée parmi les Komsomols pour son dévouement au Parti et son zèle à le servir de toutes les façons. Elle avait, sans cesse, refusé les avancements flatteurs, car elle ne se sentait à son aise que parmi les gens de la base où, par des discours enflammés, elle ranimait le zèle des jeunes qui commençaient à en avoir assez des joies particulières procurées par l'étude soutenue du marxisme-léninisme. Lorsque les hautes instances de la police politique furent certaines de pouvoir à jamais compter – et pour n'importe quelle besogne – sur Piotr, ils décidèrent de l'envoyer à Londres et estimèrent que nul ne le surveillerait mieux que cette vierge rouge de Vera qui semblait s'être mariée une fois pour toutes avec « Das Kapital ».

Vera, à Londres, ne voulant pas frayer avec la bourgeoisie capitaliste et donc pourrie, vivait en compagnie de son frère dans un deux-pièces-cuisine d'une maison à population laborieuse située dans le quartier de « Elephant and Castle ». Elle n'en sortait pratiquement pas, préférant passer son temps à endoctriner ses voisins. Elle ne rencontrait guère le succès, d'abord parce qu'elle était tenue à de grandes précautions dans ses propos (ce qui les rendait trop souvent sibyllins) ensuite parce que cette femme maigre, toujours vêtue de noir inquiétait plus qu'elle n'attirait. Quant à Piotr, il avait une façon de regarder les enfants, qui les poussait à fuir, surtout quand il leur souriait.

– Vera, je pars.

– Pour longtemps?

– Jusqu'au succès de ma mission anti-impérialiste.

– Je prépare ton bagage.

Une valise très spéciale où Vakouliev pouvait dissimuler le matériel indispensable au parfait espion tel que le définissait le major Alexandre Alexandrovitch Blarïne qui l'avait formé. La valise bouclée, Vera la tendit à son frère.

– Reviens au plus vite, Piotr.

– Si je ne tombe pas.

– Tu ne tomberas pas, Piotr, car tu es plus fort et plus courageux que n'importe quel agent du capitalisme.

– Je te remercie, Vera, je suis fier de toi.

– Je le suis également de toi, Piotr.

Vakouliev prit sa sœur dans ses bras et lui mit un baiser sur le front. Elle baissa les yeux pour le recevoir. Au moment de s'en aller, Piotr crut nécessaire d'assurer :

– Je combattrai en ayant toujours présentes à l'esprit les règles essentielles édictées par le génial Staline dans « La maladie infantile du communisme » !

– Alors, tu vaincras !

*
* *

Quoi qu'il parut complètement détaché des plaisirs de ce monde, John Swindon avait une bonne amie en la personne de la grosse et paisible Dorothy Bromley, veuve d'un policeman mort en service commandé. Cette quadragénaire tranquille, à l'intelligence limitée, avait accepté les avances de John car elle avait gardé un caractère de petite fille aimant à être gâtée. Il lui parlait souvent d'un mariage possible quand serait terminée la tâche entreprise et sur laquelle, il ne lui apprenait jamais rien. Dorothy avait le culte de la respectabilité et elle serait, sans doute, tombée raide morte si elle avait appris que ce garçon d'apparence triste, douce, timide, avait un nombre impressionnant de meurtres à son actif. Ce que Dorothy ne goûtait pas dans le comportement de son « boy-friend », c'était le mystère dont il s'entourait et dont il ne se dépouillait – en même temps que de ses vêtements – que pour leurs ébats dans la chambre que John occupait dans le quartier de Pentonville, chez une vieille dame de Batchelor Street, que l'argent rendait aveugle et sourde lorsqu'il le fallait. Mais souvent, Swindon donnait rendez-vous à Dorothy dans des endroits impossibles pour lui tenir des propos auxquels elle ne comprenait goutte. Ce jour-là, il l'avait priée de le rejoindre dans le jardin de Trinity Square, derrière la fameuse Tour de Londres. S'étant mise en retard pour avoir voulu rendre service à sa voisine, Eleonor Smith, qui tenait absolument connaître sa recette de pudding aux carottes, Dorothy se présenta, essoufflée, devant son ami toujours aussi guindé.

– Pardonnez-moi, John, mais...

– Je vous en prie, très chère Dorothy... Que vous soyez là est l'essentiel, votre présence me fait tant de bien...

Elle sauta sur l'occasion offerte.

– Il ne tiendrait qu'à vous, John, que nous ne nous quittions plus... Comme disait mon défunt Harry : Dorothy, il me serait difficile de vivre sans vous... et si le hasard avait voulu que vous fussiez à un autre, je crois que je ne me serais jamais marié...

– C'était, me semble-t-il, un homme plein de bon sens...

– Plein de bon sens, c'est le mot ! Ah ! j'aurais tant aimé que vous vous rencontriez, tous les deux ! Je suis sûre que vous vous seriez parfaitement entendus... mais le Seigneur, dans Sa sagesse, n'a pas voulu qu'il en soit ainsi...

Après un instant de réflexion, elle ajouta :

– ... sûrement pour éviter des complications.

– Sûrement...

– Parce que vous me connaissez, John, si Harry n'avait pas cru bon de mourir, je n'aurais jamais accepté de regarder un autre homme et – poursuivit-elle en baissant les paupières et le ton tandis que le rose léger d'une délicate pudeur lui avivait le teint – ce que vous appelez mes... mes trésors, serait resté la propriété exclusive de Harry, Jame, Cromwell Bromley !

– J'en suis absolument persuadé, ma chère !

– Vous êtes sincère, n'est-ce pas?

– Je vous en donne ma parole !

– Parce qu'il me faut convenir que le fait de vous autoriser certaines privautés n'est pas digne de la personne respectable que je prétends être et que je suis, ne vous en déplaise !

– Dorothy, ma chère, si je pensais autrement, pourquoi vous aimerais-je?

Là, elle le tenait et lui répliqua du tac au tac :

– Si vous m'aimez, John, pourquoi ne m'épousez-vous pas?

– Parce que je ne le peux pas.

Elle poussa un cri étranglé.

– John, seriez-vous déjà marié?

– Non ! Je vous jure que non ! Je n'ai pas un parent et sans vous, je serais seul au monde...

– Dans ces conditions, je ne comprends pas que...

– Vous saurez tout plus tard, ma chérie...

– Quand?
– Quand je vous demanderai d'être ma femme.

Dorothy eut un gloussement énamouré.
– Oh ! John, vous êtes sincère?
– Je le suis.
– Devrais-je attendre encore longtemps?
– Moins d'un mois.
– Oh ! John...

Elle se laissa aller sur son épaule et lui effleura les lèvres d'un rapide baiser en chuchotant, mutine :
– Votre récompense, chéri...

Dès lors, pour eux, le temps cessa d'exister. Peu à peu, Dorothy émergea de l'heureuse torpeur où la promesse de son compagnon l'avait plongée :
– John...
– Oui, chérie...
– Savez-vous que vous ne m'avez jamais appris quel était exactement votre métier?
– Je croyais vous avoir dit que je travaillais au Foreign Office.
– Vous êtes fonctionnaire, en quelque sorte?
– En quelque sorte.
– Harry aurait été content que je me remarie avec un fonctionnaire comme lui... Croyez-vous que, le cas échéant, je pourrais cumuler vos deux retraites?
– Au vrai, très chère, c'est une question que je ne me suis pas posée... Vous devinez pourquoi?
– Pardonnez-moi, John, mais une femme respectable et qui veut continuer à l'être, se doit de penser à l'avenir et d'envisager toutes les hypothèses.

C'est à ce prix et à ce prix seulement qu'elle peut espérer garder la considération des autres.

Néanmoins, se rendant compte qu'elle s'était imprudemment égarée sur des chemins difficiles, Dorothy changea de sujet.

– Que faites-vous au Foreign Office, John?

– J'ai une tâche un peu spéciale... Sur ordre du gouvernement, je me livre à des enquêtes...

– Tout pareil à mon défunt!

Swindon songea avec humour que si la pauvre Dorothy apprenait à quel point les travaux de son ancien et de son futur mari différaient...

– Presque, ma chère, presque... quoique lui et moi ne relevions pas du même ministère.

Pendant un instant, la veuve se demanda si, dans cette rectification, il n'y avait pas une pointe de mépris qu'elle se devait de stigmatiser en tant que gardienne de l'honneur de feu Bromwley? Mais après les promesses que venait de lui faire John touchant la certitude d'un prompt et respectable établissement, il lui parut sage de changer encore une fois de sujet et ce, d'autant plus facilement qu'au fond elle se fichait de la mémoire d'Harry, James, Cromwell Bromley comme de sa première tasse de thé.

– John, darling, pourquoi m'avoir donné rendez-vous ici?

Il lui montra la forteresse.

– A cause d'elle.

– Ah?

Elle ne voyait vraiment pas ce que la Tour de

Londres avait à voir avec leur tendresse et leurs projets. Il passa son bras sous le sien.

– Si vous saviez tous les gens qu'on a tués là-dedans...

– C'est affreux !

– Pas quand il s'agit d'ennemis de la Couronne !

– Vous pensez, vraiment ?

– Je pense vraiment.

Et puis, sans qu'elle lui demandât rien, il se mit littéralement à délirer sur les bourreaux, plus à plaindre que leurs victimes, sur la grandeur secrète de certains meurtres... Ahurie, Dorothy commençait à s'interroger pour savoir si elle n'agirait pas mieux en restant fidèle au souvenir de son défunt. John et ses histoires commençaient à lui flanquer la trouille.

Swindon se rendit compte de l'effet qu'il produisait sur sa compagne et se reprit :

– Cela vous étonne, n'est-ce pas, Dothy ?

– Ma foi...

– C'est que j'ai vu des choses... des tas de choses...

– Dans vos enquêtes ?

– Pardon ? Ah ! oui... bien sûr... – et comme pour lui-même, il remarqua – ce n'est pas toujours drôle de liquider des concurrents. Il y en a qui sont sympathiques, vous savez ?

– Je m'en doute... J'ignorais que le Foreign Office s'occupât du commerce extérieur... Pourtant, si vous liquidez des concurrents, autrement dit si vous les mettez en faillite...

– Vous avez raison, Dothy...

– En tout cas, me voilà rassurée, dans ce genre

de bataille, on ne risque pas grand-chose, surtout quand on travaille pour la Couronne... Défunt Bromley courait plus de dangers...

Elle n'était pas fâchée de s'offrir une petite revanche. Swindon s'en voulait de s'être laissé aller à ces espèces de confidences. Il était un trop vieux routier pour ne pas reconnaître dans cette manière d'agir une faiblesse qui sonnait le glas de son activité. A son retour de Nice, il demanderait un emploi de bureau. Il le dit à son amie qui en témoigna une joie flatteuse pour l'amour-propre de John.

– Ma chère, pendant mon absence, vous devriez vous mettre en quête d'un appartement.

– Parce que vous ne pensez pas que nous pourrions vivre chez moi?

– J'aimerais habiter dans un endroit où il y ait de l'air... le haut de Hampstead, par exemple.

– J'aurai beaucoup de peine à quitter le nid que j'ai confectionné de mes propres mains – ce pauvre Henry n'avait aucun goût – et où nous avons vécu de belles années, lui et moi...

– Justement, Dothy, justement... Il me déplairait de vivre dans un décor où un autre vous a tenue dans ses bras...

Elle eut un rire roucoulé et minauda:

– Jaloux, déjà, chéri?

Il la serra très fort contre lui et, du coup, elle oublia tous les petits mensonges qu'elle avait débités à propos de ce bon à pas grand-chose d'Harry qui la battait quand il avait un verre dans le nez. John demanda:

– Où souhaiteriez-vous aller en voyage de noces, chérie?

Elle réfléchit un court instant.

– A Brighton...

Swindon se dit que Dorothy était de goût modeste et il en augura des détails réconfortants pour leur avenir.

– Tenez, ma chère, savez-vous ce que vous devriez faire? Vous installer à Brighton dès demain et m'attendre là-bas. Sitôt que je serai de retour, je vous y rejoindrai et nous nous marierons au bord de la mer.

Elle soupira, bouleversée.

– Oh! John, mon chéri, ça sera terriblement émouvant...

*
* *

Au « Cygne d'Argent » dans Bruver Street, Gladys Fergusson, employée de l'ambassade américaine, attendait Sam Warmwell. Gladys était une fille solide, pas romantique pour un sou. Née dans le Minesota, rien ne pouvait lui faire perdre son esprit pratique. Elle était belle, le savait et, depuis qu'elle avait atteint l'âge de décider seule de l'orientation de son existence, elle cultivait avec soin ce don de Dieu en comptant que le moment viendrait où il lui procurerait le mari qu'à vingt-six ans, elle commençait à désespérer de voir venir. Au fur et à mesure que coulaient les années, les ambitions matrimoniales de Gladys devenaient moins ambitieuses. Elle était successivement passée du magnat de la finance au directeur de banque, puis au haut fonctionnaire, au riche commerçant, au champion de base-ball, au commerçant aisé, au fonctionnaire moyen. Sam Warmwell représentait une de ses dernières chances. Fidèle à une tactique dont elle se voulait certaine qu'elle serait payante un jour ou l'autre, elle avait poursuivi – obstinée – avec Sam, la méthode qui n'avait pas porté de fruit avec Jim, Paul, Herbert, Bill, Dave et Burt : n'ignorant pas que Warmwell avait une réputation de « tombeur » au palmarès très fourni, elle s'était arrangée pour le rencontrer dans les locaux de l'ambassade. D'avance, elle connaissait le scénario, d'avance elle s'était préparée à y répondre. En l'apercevant pour la première fois, Sam s'était mis à siffler d'admiration. Elle avait affiché une indifférence totale et aussitôt, et comme elle le prévoyait, Warmwell se piqua au jeu.

– Hello ! baby... Vous allez déjeuner?

– En quoi cela vous intéresse-t-il?

– Ma foi, je me disais que si vous étiez seule...

– Je suis, en effet, seule et souhaite le rester. Elle avait fait mine de continuer son chemin. Il s'était campé devant elle.

– Si je ne vous importune pas, baby...

– Justement, vous m'importunez.

– Pas au point d'appeler un flic?

– Je ne sais pas encore.

Elle l'avait ainsi fait languir deux semaines tout en se renseignant sur son compte. Quand elle sut qu'il appartenait au bureau de Burt Chard, elle eut envie de le laisser tomber car ce service avait mauvaise réputation de par son secret même, mais Sam était séduisant... Gladys accepta de sortir avec Warmwell un dimanche. Ils s'en furent pique-niquer dans la forêt d'Epping. Lorsqu'ils eurent mangé et bu le café de la thermos, la jeune femme se laissa embrasser, sans permettre à son compagnon de trop insister. Se dégageant, elle déclara :

– Sam, il faut que vous sachiez une chose : je n'ai plus de temps à perdre en flirts, pour si agréables qu'ils puissent être. Je ne veux pas finir mes jours, seule. De plus, j'aimerais avoir un ou deux babies... et j'ai vingt-six ans. Vous devez donc comprendre qu'avec moi, c'est le mariage ou rien.

– Je suis prêt à vous demander votre main, Gladys. Je suis, moi aussi, fatigué de l'existence que je mène... Un foyer, une femme, des gosses, j'en rigolais autrefois, maintenant je me dis que ça serait rudement chic. Et puis, je vous aime, Gladys. Et vous?

– Je le crois, Sam. Cependant je ne veux ni me le dire ni vous le dire tant que je ne serai pas certaine de vos sentiments et des miens. Je ne sais pas grand-chose de vous, Sam...

– D'accord, chérie, je me confesse. Je suis né à Chicago de très pauvres gens dont il n'est pas besoin de parler... Tes père et mère honoreras, hein? Je me suis instruit tout seul et comme je n'étais pas pourri à l'intérieur, je me suis mis du côté de l'ordre. Flic. Voilà ce que je suis devenu. Étant costaud et pas bête, on m'a obligé à étudier et à m'entraîner. Quinze ans plus tard, je parle couramment le français, l'allemand et l'espagnol en plus de l'anglais. Je porte une douzaine de cicatrices sur le corps, j'ai vécu des semaines et des semaines dans de nombreux hôpitaux, moyennant quoi je suis le bras droit de Burt Chard qui représente la C. I. A. à Londres. J'ajoute que je possède 25 000 dollars en banque et que je n'ai pas le moindre enfant naturel. Aucune femme n'attend mon retour en priant le Seigneur de me protéger et personne ne pleurerait si je ne revenais pas.

– Si, moi...

Il lui prit les mains, ému :

– C'est vrai, Gladys...?

– Je commence à le croire... J'ai vu le jour à Denver et j'ai eu une enfance heureuse. La meilleure élève de l'école et de grandes ambitions. Mes parents ont fait ce qu'ils ont pu pour m'envoyer à l'Université et j'ai travaillé dur pour y rester. Cependant, il me manquait ce quelque chose en plus qui fait le champion ou la championne sur le stade ou devant le tableau noir. Je déteste les illusions. Quand j'ai compris, admis, mes insuffisances, j'ai rabaissé mes prétentions et voilà pourquoi, souhaitant voir du pays, je suis parmi les employées les plus payées de l'ambassade et j'ai dix mille dollars de côté en cas de coup dur. Je n'ai jamais encore rencontré l'homme de ma vie. Je ne suis pas pour autant, une oie blanche, mais les rares aventures que j'ai eues m'ont plutôt ennuyée que distraite. Aucune ne m'a laissée supposer, ne fût-ce qu'un moment, que je pourrais m'évader de ma solitude. Sam, je vous ai dit beaucoup plus que je n'en ai dit à quiconque. Je pense que c'est ainsi que débute l'amour? D'abord, la confiance.

– Je l'espère, Gladys.

Ils étaient restés la main dans la main un très long moment sans parler, puis presque timidement, Sam avait demandé :

– Vous croyez qu'on peut essayer de s'en sortir... ensemble?

– Pourquoi pas?

– Alors, je vais déposer une demande pour rentrer à Washington. Je vous y attendrai. Nous nous marierons là-bas. Je n'accepterai plus de mission à l'étranger. Je resterai dans les bureaux.

– Vous en avez rempli beaucoup de ces missions?

– Beaucoup.

– Où?

– Un peu partout dans le monde.

– C'était difficile, parfois?

– Toujours.

– Vous avez eu à vous battre?

– Souvent.

Elle se tut un instant avant de chuchoter, serrée contre lui.

– Sam... Vous avez tué?

– Oui.

– A plusieurs reprises?

– Oui.

– Cas de légitime défense?

– Si on veut... mais jamais pour mon plaisir, au contraire... C'était eux ou moi... Il me fallait exécuter l'ordre reçu et... accepté. Je vous dégoûte?

– Non. On ne fait que rarement ce que l'on veut dans la vie.

– Cela va changer pour nous deux.

– Vous aimez les enfants?

– Je les adore!

– Je souhaiterais en avoir deux.

– Seulement?

Elle rit et se blottissant de nouveau contre lui, elle lui murmura à l'oreille:

– Alors, chéri, nous oublierons les vieux morts pour ne nous soucier que des petits vivants.

Et voilà pourquoi, Gladys Fergusson, ce soir-là, attendait Sam Warmwell au « Cygne d'Argent ». Elle rêvait à son avenir et pour la première fois, elle n'éprouvait pas cette angoisse sourde irraisonnée qu'elle ressentait d'ordinaire lorsqu'elle songeait au lendemain. Elle avait le sentiment – tel l'athlète parvenu au terme de sa course – de toucher enfin au port à la suite d'un long voyage. Elle en était devenue moins dure, plus aimable et encore plus jolie.

Sam arriva en retard et l'air préoccupé. Tout de suite, Gladys s'inquiéta:

– Quelque chose qui ne va pas, chéri?

– Une tuile!... Nous ne pourrons pas aller passer le week-end dans le Suffolk ainsi que je vous l'avais promis.

– Parce que?

– Une mission imprévue... Je pars ce soir.

– Pour où?

– La France.

Elle fronça le sourcil.

– Je n'aime pas beaucoup ça, Sam... Les Françaises sont capables de vous faire m'oublier...

– Ne dites pas de sottises, Gladys... Ce sera ma dernière mission.

– Je l'espère. Je déteste vivre dans l'inquiétude.

Warmwell sortit une enveloppe de sa poche.

– Prenez ceci, Gladys, vous me le rendrez quand je reviendrai.

– Qu'est-ce que c'est?

– Une procuration qui vous permettra de toucher mes 25 000 dollars au cas où... enfin, au cas où j'aurais des difficultés assez graves pour... pour m'empêcher de tenir mes engagements à votre égard.

Elle lui prit la main.

– Sam... votre mission est dangereuse?

– Ni plus ni moins que d'habitude.

– Alors, pourquoi?...

– Pour ma tranquillité d'esprit, Gladys et pour vous montrer la confiance que j'ai en vous, confiance qu'on ne peut accorder qu'à celle qu'on sait devoir être la mère de ses enfants.

Et Gladys l'arriviste, Gladys que rien ne pouvait faire dévier de la route choisie, se mit à pleurer à la façon d'une vendeuse de Park Lane.

*
* *

« Ma » Finchley régnait sur un certain coin de Peckham. On ignorait presque tout d'elle. Ce que l'on savait c'est qu'elle était là depuis la fin de la guerre – épave abandonnée par le flux et le reflux des troupes de Sa Majesté – et que depuis ce temps, elle avait pris le quartier en main. Dans son coin, on ne se permettait pas d'assassiner et l'on ne volait que les étrangers au secteur. Elle autorisait les filles à exercer leur métier à condition qu'elles se montrassent peu et leurs protecteurs encore moins. Femme de bon conseil, « Ma » était aimée de tous pour sa gueule que nul n'avait réussi à fermer en un quart de siècle, pour sa force et son irrespect des conventions. La police, au courant du rôle qu'elle jouait, la soupçonnait bien un peu de pratiquer le recel et, le cas échéant, de jouer les entremetteuses. Cependant, comme elle se révélait, dans l'ensemble, beaucoup plus utile que nuisible pour l'ordre public, on fermait les yeux sur les cuites qu'elle prenait le samedi – une purge nécessaire à sa santé, affirmait-elle – et au cours desquelles, installée à l'angle de Brayard Road et de Kirkwood, s'adressant à des foules invisibles elle tenait de longs discours sur l'émancipation des hommes de couleur, les droits de la femme, la duplicité des catholiques et la nécessité de la tempérance. Une voiture de police passait traditionnellement par là dans la nuit du samedi au dimanche et quand, par hasard, il y avait un débutant qui faisait ses premiers pas dans le métier, c'était toujours lui qu'on envoyait tenter de persuader « Ma » de rentrer chez elle. La scène, sans cesse identique, était suivie, de la voiture, avec un intérêt qui ne désarmait pas. Le jeune policeman s'approchait de « Ma » :

– Je pense qu'il est l'heure d'aller vous coucher, Ma'ame?

La femme le fixait d'un œil sévère.

– Et d'abord qui que vous êtes, jeune homme?

– Policeman Alan Camberwell.

– Quel âge que vous avez, mon petit?

– Vingt-six ans, Ma'ame.

– J'aurais aimé avoir un fiston qui vous aurait ressemblé.

Incontinent, elle empoignait le policeman et l'embrassait goulûment à la grande joie des collègues de Camberwell qui ne rataient rien du spectacle. Indigné, suffoqué, le nouveau se dégageait, honteux et vaguement écœuré, puis se fâchait :

– Allez ! Déguerpissez ! Nom d'un chien ! Ou je vous embarque !

Alors, Ma se redressait, pleine de dignité.

– Vous avez pas honte de parler sur ce ton à une personne de mon âge et de ma condition? Une lady qu'a reçu une éducation que vous pouvez pas savoir ! C'est simple, continuez de la sorte et je vous fous ma main sur la gueule, espèce de petit crétin !

C'est à ce moment que Jim Smithfield, le sergent – un vieux de la vieille – intervenait. Il s'approchait du couple, renvoyait le jeunot et passait son bras sous celui de Ma qui gémissait.

– Ah ! Jim, je suis malheureuse. La jeunesse me respecte plus...

– Mais si, mais si... Ma. Seulement, ils n'ont pas nos manières... A nos âges, hein Ma? On doit surtout se reposer... Tiens, je suis sûr que vous êtes aussi fatiguée que moi et que vous ne demanderiez pas mieux que de vous coucher...

Elle hésitait, montrant la nuit :

– C’est que j’avais encore des choses à leur dire !

– Bah ! Ils doivent être fatigués, eux aussi... Faut les laisser aller dormir...

Doucement, le sergent entraînait Ma jusqu’à sa demeure, à quelques centaines de mètres de là. Au moment où il la quittait, en lui souhaitant bonne nuit, Ma ne manquait jamais de lui confier :

– Ce qui me plaît en vous, Jim, c’est que vous êtes un gentleman et que vous savez causer aux ladies...

Physiquement, Ma Finchley était une gaillarde d’une cinquantaine d’années, grande, d’un blond naturel qui tournait au gris, solide, pourvue d’une poitrine abondante et d’une croupe qui en imposait. Un peu trop fardée peut-être, pas très bien embouchée à certains moments, Ma était un personnage qu’on tenait à avoir pour amie. On ne lui connaissait pas de compagnon attitré depuis qu’elle vivait dans le coin, aussi le sergent Smithfield marqua-t-il quelque surprise quand ses collègues vinrent, en plaisantant, lui annoncer qu’il ne régnait plus seul sur le cœur de Ma et qu’un Chinois la visitait une ou deux fois par semaine. Jim partit aussitôt aux renseignements. Il trouva Ma Finchley sortant d’un pub.

– Hello, Ma !

– Hello, Jimmy !

– Paraît que vous auriez donné votre cœur à un rival ?

Elle éclata de rire :

– Jaloux, hein ?

– Dame ! Surtout qu'on m'a dit qu'il serait question d'un Chinois. Faut me raconter ça, Ma !

– Je vais vous expliquer, Jim. C'est, en effet, un Chinetoque, mais tout déboussolé.

– Non ?

– Parole de Ma... Il y a une quinzaine, je l'ai rencontré... Il m'a intrigué... Il ressemblait à un chien perdu... Vous savez que j'ai un cœur de mère, Jim... Je me suis approchée et j'y ai chuchoté : Vous auriez-t'y des ennuis, Sir ? – Non, Ma'am' – qu'il m'a répondu – J'ai perdu mon chemin et j'ose pas demander – Et pourquoi ? – que je lui ai fait – Parce que j'ai pas la peau des autres – qu'il me répond. – Vous me connaissez, Jim ? Je te prends le gars par le bras et je lui beugle dans les écoutilles : – Ma Finchley, c'est pas une raciste, petit ! Et que tu soyes Chinetoque ou pas, je te remets dans ton chemin... C'est comme ça que tout est arrivé, Jim...

– Qu'est-ce qui est arrivé, Ma ?

– Il est revenu m'apporter des fleurs, vous vous rendez compte ? Des fleurs à Ma Finchley ! Alors, forcément, j'ai voulu y retourner sa politesse et j'y ai payé un verre chez « Trois Pattes ». On sait vivre, pas vrai ? Ou alors, ça serait pas la peine d'avoir reçu une excellente instruction. Pour en revenir à mon Chinetoque, voilà qui se met à chialer sur mon épaule : et qu'il est un malheureux orphelin qu'a jamais connu sa mère, que Mao c'est son papa et sa maman, un tas de conneries, quoi ! Je l'ai emmené chez moi, on a chialé ensemble et puis on en est venu à ce que vous pensez.

– Oh ! vous, Ma !

– J'ai trop bon cœur, Jim, je le sais... Mais il était si désemparé, si inoffensif, ce maigrichon de Chinetoque...

Au service chinois d'espionnage et de contre-espionnage, on eût perdu l'impassibilité traditionnelle si l'on avait appris que ces imbéciles d'esclaves capitalistes tenaient Lin Tchang-naï, le tueur, pour un être inoffensif.

Car il s'agissait, en effet, de Lin Tchang-naï qui, cédant à une de ces pulsions dont Freud et ses disciples ont fait votre pain quasi quotidien, s'était brutalement épris de cette épave du monde occidental qu'était Ma Finchley. Il voyait en elle la preuve de sa foi maoïste touchant le système qu'il combattait et aussi un résumé de tout ce qui avait manqué et continuait à manquer à son existence d'ascète du crime.

*
* *

Quelques heures après que le sergent Smithfield ait interrogé Ma, Lin Tchang-naï se présenta pour dire au revoir à sa conquête.

– Je pars en voyage, Douceur de ma vie, et je pense que je pourrai vous rapporter un joli souvenir.

Attendrie, Ma soupira :

– Vous êtes mignon à croquer, mon petit Chinetoque. Foi de Ma, y a longtemps que j'ai pas rencontré un garçon ayant si bonne façon. Vous avez beau ressembler à un canari, vous me plaisez et l'affection de Ma, c'est quelque chose, vous vous en apercevrez si on vous fait des ennuis dans les parages.

– Justement, je souhaiterais vous adresser une prière.

– Allez-y ?

– Je désirerais ne plus vous appeler Ma...

– Et comment que vous voudriez m'appeler ?

– Vent de la Vieille Révolution !

Mrs Finchley en eut le souffle coupé durant plusieurs secondes.

– Une blague ou quoi ?

– Je vous en prie !

– Ah ? D'accord... mais vous avez de drôles d'idées, vous autres, les Chinetoques ! A présent, je prépare le thé.

Tout en s'activant à son fourneau, Ma disait :

– Quand je rapporterai à Jim que vous me nommez Vent de la Vieille Révolution... Dites donc, c'est indispensable de mettre ce « vieille » ?

– Qui est Jim ?

– Un brave flic...

– Il vient souvent vous voir ?

– Oh ! oui... On est une paire de copains, lui et moi.

L'eau commençait à bouillir dans la casserole. C'était l'instant où toute Britannique sait qu'il faut la verser sur le thé. Lin pensa qu'on peut décidément pas avoir confiance dans une Occidentale. Ma raconterait à Jim ses amours avec un Chinois et le flic fouineur remonterait peut-être jusqu'à l'ambassade où Lin perdrait la face avant d'être renvoyé en Chine pour y subir une rééducation. Conclusion : pour éviter ces ennuis graves, il fallait que Ma mourût. Sans la plus légère hésitation, Tchang-naï sortit un couteau de sa poche et s'approcha à pas feutrés de Mrs Finchley qui lui tournait le dos. Heureusement pour Ma, elle avait accroché à côté de son fourneau à gaz une glace porte-feuille, don ancien d'un marin dont elle ne se rappelait ni le nom ni le visage. Elle vit le couteau dans la main de son Chinetoque. Elle n'était pas quelqu'un à interroger le Ciel sur les raisons d'une action qui la déroutait. Elle agissait d'abord et réfléchissait ensuite. Elle attrapa le tisonnier et, se retournant brusquement, frappa à toute volée sur le poignet de Lin qui cria de douleur en lâchant son arme sur laquelle Mrs Finchley posa le pied en hurlant :

– T'as voulu saigner la Ma, bougre de petit salaud ! Tu vas te faire écharper par mes potes, sacrée vermine jaune !

L'humiliation et la douleur mettaient des larmes dans les yeux du Chinois qui préféra s'enfuir avant l'arrivée des renforts, ameutés par les cris de Mrs Finchley.

3

Sur le quai réservé au train-ferry, l'animation était grande. La nuit était déjà sérieusement entamée et ceux qui partaient comme ceux qui restaient, en dépit des jeux de politesse, montraient le visage renfrogné des gens dont le sommeil va être écourté ou inconfortable. Saint-Sève s'efforçait, sans y parvenir tout à fait, de mettre le plus de chaleur possible dans ses adieux à Helen qui, de son côté, ne se sentait pas à l'aise dans cette gare de Victoria au décor indigne – estimait-elle – d'une personne de sa qualité. Donnant à sa voix, des inflexions pas très sincères, Guillaume disait :

– Vous allez me manquer...

– A moi aussi. J'espère que vous ferez de votre mieux pour revenir au plus tôt ?

– Je mettrai les bouchées doubles !

– Si vous avez des gens à liquider, essayez de vous arranger pour achever la besogne d'un coup.

Saint-Sève, une fois de plus, se demanda – sans encore parvenir à se donner une réponse précise – si sa fiancée était idiote ou si elle feignait de l'être.

– Il ne faudrait quand même pas me prendre pour un tueur, vous savez...

– Oh ! dear... Promettez-moi que vous en abattrez au moins un ou deux, sans cela mes amies seraient trop déçues !

Guillaume se dit que c'était fou le nombre de calottes et de coups de pied au derrière qui se perdaient quotidiennement dans le monde.

– Je ne serai pas seul à jouer la partie, Helen.

– Oui mais vous, personne ne vous connaît et nul n'est au courant de votre mission. C'est un avantage énorme, non ?

– Si, bien sûr...

Aux fenêtres du compartiment le plus proche du couple, deux gentlemen – apparemment un homme d'affaires et un pasteur – qui n'étaient autres que Piotr Vakouliev et John Swindon, écoutaient en souriant les propos des deux fiancés tandis qu'un Chinois au bras en écharpe rôdait autour de Guillaume et d'Helen en ayant l'air de vouloir prêter l'oreille à ce qu'ils se confiaient. Il fut bousculé par un Américain jovial :

– Alors, enfant de Mao, on cède au démon de la curiosité ?

Lin Tchang-naï crut mourir de rage en recevant cet affront public. Tout à leur entretien du moment, Guillaume et Helen ne prétèrent qu'une attention distraite à un incident sans importance. D'ailleurs, une Otterburn ne se souciait guère d'un Chinois.

– Je suis certain, darling, que vous saurez vous montrer formidable... Vous me raconterez, n'est-ce pas ?

– Je vous le promets.

– Oh ! Guillaume chéri, nous remporterons un triomphe auprès de nos amies quand je leur détaillerai vos exploits !

Ce mélange insolite de « nous » et de « je » exigeait quelques explications. Guillaume, exaspéré, s'apprêtait à les réclamer lorsqu'on pria les voyageurs de monter en voiture. Il déposa un baiser rapide sur la joue d'Helen qui, à l'instant où le train allait s'ébranler, cria :

– Vous pouvez être certain que je ne parlerai à quiconque de votre mission !

Elle ajouta, selon une habitude qui avait le don de briser les nerfs de Guillaume :

– Bye ! bye ! chéri !

*
* *

A peine le convoi sortait-il de la banlieue de Londres que Warmwell gagna le wagon-restaurant. Du seuil, il repéra le pasteur assis seul à une table. Il se dirigea vers lui.

– Vous permettez, Révérend ?

L'interpellé répondit par un signe de tête plein d'onctuosité et l'Américain prit place en face de lui. Alors que le garçon demandait au religieux ce qu'il désirait boire avec son repas, Swindon faillit se trahir en manquant réclamer du whisky. Il se rattrapa à temps pour déclarer qu'il se contenterait d'eau. Warmwell, quant à lui, avoua que, ne possédant pas la force d'âme de son voisin, il prendrait du Bordeaux.

– Ce doit être pénible, Monsieur le Pasteur, d'être confronté quotidiennement avec la tentation ?

– Question d'habitude...

On apporta les hors-d'œuvre et l'Anglais, affamé, se jetait sur son assiette quand une voix, à la fois douce et ironique, s'enquit :

– N'oubliez-vous pas de remercier le Seigneur pour la nourriture que nous allons prendre ?

John rougit et balbutia :

– C'est vrai... Où avais-je la tête ! Mais à chaque fois que je pars en voyage, il en est ainsi... Je ne me contrôle plus très bien... Que devez-vous penser de moi ?

– Ce que je pense ? Que vous auriez intérêt, Swindon, à renoncer à ces déguisements ridicules qui ne trompent personne et vous obligent à une existence ascétique pour laquelle vous n'êtes pas fait... Donnez-moi donc votre verre pour goûter ce Bordeaux qui me paraît fort honorable.

Confus, Swindon but le vin offert puis, s'étant essuyé la bouche, il suggéra :

– Vous ne paraissez pas surpris de notre rencontre ?

– L'êtes-vous, vous-même ?

– Non.

– Alors...

Dans un coin du wagon-restaurant, Saint-Sève mangeait avec infiniment de délicatesse, une nourriture médiocre. L'Anglais le désigna à l'Américain.

– C'est pour lui que vous êtes là ?

– Vous aussi, je suppose ?

– Naturellement... (Après un silence, Swindon ajouta). Il a l'air inoffensif... (il ricana). Il sera plus facile à expédier, le cas échéant...

– Vous détestez toujours autant les Français, hein ?

– Autant ! Cependant, je ne les aurais pas crus capables de coller un type dans le bain en lui laissant croire qu'il va à une garden-party.

– Les Français sont capables de n'importe quoi, c'est pour cela qu'on ne s'ennuie jamais avec eux.

L'Anglais remarqua :

– Celui-là, par sa tenue, il serait presque digne de sortir d'Oxford ou de Cambridge... Une manière d'usurpation... qui mérite châtiment !

– Vous essayez de justifier d'avance un meurtre... Vous êtes cynique, John.

– Et vous, vieil hypocrite ?

Ils mangèrent, en bavardant de choses et d'autres. Au dessert, Swindon chuchota :

– J'ai le sentiment que la meute, au complet, est aux trousses du Frenchie.

– Vous en doutiez ?

– Plus depuis que j'ai reconnu notre camarade Vakouliev essayant de se faire passer pour un négociant britannique.

– Et ce Jaune au bras démoli ?

– Vous supposez que...

– Il tournait autour de notre commun gibier, il y a un instant... Attendez...

Warmwell sortit un calepin de sa poche, en arracha une feuille où il écrivit : « Piotr, ne vous fatiguez pas plus longtemps et venez boire un verre avec nous – Warmwell ». Il plia le billet en deux et l'envoya au Russe par le maître d'hôtel. Vakouliev ayant lu, marmonna quelques injures pour se soulager et rejoignit ses confrères qui l'accueillirent avec un rien d'ironie. Hargneux, Piotr grommela :

– Je constate que je ne suis pas le seul à m'être déguisé.

Swindon piqua du nez dans son assiette. L'Américain se porta à son secours.

– Oui, mais lui, il a naturellement l'allure d'un pasteur et la tête de l'emploi, tandis que vous, la silhouette capitaliste vous va comme une chemise de nuit à un chameau !

– J'en suis fier ! Cela prouve même aux yeux d'un homme aussi perverti que vous, que je suis bien un vrai fils du peuple !

Dans son coin, Saint-Sève s'amusait de la réunion insolite de ces trois hommes – dont un pasteur – qui semblaient discuter ferme, voire se quereller. Mais Guillaume retourna vite à ses soucis personnels. Son esseulement dans ce train lui permettait de méditer, c'est-à-dire de revenir à des réflexions moroses touchant sa tendresse pour Helen et son attachement au métier choisi. Le Français était trop intelligent pour ne pas admettre que le seul fait de se poser ces questions déterminait les réponses. Il n'aimait pas plus Helen qu'il n'aimait son emploi, du moins pas de la façon qui est indispensable pour fonder un foyer, et réussir une belle carrière. Chaque fois qu'il se heurtait à des problèmes jugés, sur le moment, insolubles, Saint-Sève se réfugiait, par la pensée, dans son petit domaine ariègeois. Le jeune homme, alors, perdait la notion du réel et, sourire aux lèvres, s'enfonçait dans le vieux rêve perpétuellement nourri.

A la table des agents secrets, on n'avait guère le goût de rêver. Warmwell demandait à Vakouliev :

– Je ne vous interroge pas sur ce que vous fichez dans ce train, Piotr...

– Vous faites aussi bien parce que je ne vous répondrais pas.

– ... car Swindon et moi sommes naturellement au courant. Vous connaissez ce Français?

– Ça ne vous regarde pas !

L'Américain s'adressa à Swindon :

– Je me demande, John, combien il leur faudra de siècles pour se civiliser à ces Pópofs?

– Ils sont réfractaires à la civilisation, Sam. Aussi,

il est préférable de les éliminer quand on les rencontre.

Le Russe grogna :

– En tout cas, ce n'est pas vous qui m'éliminerez, espèce d'avorton puritain !

Swindon porta la main à sa poche. Warmwell l'arrêta :

– Pas ici, John. Notre ami n'aimerait sûrement pas finir ses jours dans un milieu aussi capitaliste qu'un wagon-restaurant et puis vous risqueriez de gros ennuis.

Le faux pasteur murmura :

– Pardonnez-moi, mais je ne peux pas supporter ces bouffeurs de bortch !

Piotr répondit :

– Si vous vous figurez que je peux empiffrer vos dévoreurs de porridge !

Froid comme une lame, Swindon assura doucement :

– Vous ne reviendrez pas à Londres, Vakouliev.

– Tiens donc ! Et qui m'en empêchera !

– Moi.

– Je serais curieux d'apprendre la façon que vous emploierez ?

– Je vous tuerai.

– Non ?

– Si... et c'est une chose décidée, résolue.

– Vous avez le sens de l'humour, hein ?

– De l'humour noir.

L'Américain ne tenait pas à ce que les choses s'envenimassent rapidement entre ses adversaires car il comptait sur eux pour effectuer les travaux préliminaires, c'est-à-dire récupérer l'enveloppe que M. de Saint-Sève allait chercher à Nice. Après, il entrerait en action avec des ressources intactes.

– Savez-vous que je ne puis me défendre d'une certaine sympathie pour ce garçon qui s'en va à la bagarre sans s'en douter le moins du monde?

Vakouliev haussa les épaules.

– Un aristocrate de moins, ça ne sera pas une mauvaise affaire.

Swindon ricana :

– Savez-vous seulement ce que c'est qu'un aristocrate, pauvre moujik?

– Un complice du tzar!

– Vous êtes décidément trop bête... Pour moi, ce type n'est pas plus un aristocrate qu'un ouvrier, un fonctionnaire qu'un paysan, mais simplement un obstacle et mon métier est de supprimer ce genre d'obstacle.

Pour changer de conversation, Warmwell, avisant Lin Tchang-naï qui, regagnant son compartiment de seconde, allait frôler leur table, prévint le Russe :

– Voilà votre allié qui s'amène.

– Cette espèce de larve jaune fasciste qui obéit à ce paranoïaque de Mao?

Ce fut plus fort que lui. Au lieu de ne rien entendre – comme aurait dû faire un agent secret – le Chinois s'arrêta pile et, tremblant de rage :

– Fermez donc votre sale bouche de vendu aux Américains! Piotr Vakouliev, je me propose de vous envoyer rejoindre vos ancêtres le plus tôt possible! et je doute qu'ils vous reçoivent avec plaisir!

Le Russe se mit à rire :

– J'ignorais que ce genre d'animal parlait !

Sam remarqua :

– Pour qu'il sache votre nom, il faut que cet enfant de Mao soit notre petit collègue... Alors, mon joli bouton d'or, on s'en va faire, aussi un tour à Nice ?

– Occupez-vous de vos affaires, assassin impérialiste !

– J'ai l'impression que vos affaires et les nôtres vont pourtant se mélanger...

– Alors, tant pis pour vous ! et mille ans de vie au Président Mao !

– Votre Président Mao ? Comme ça !

Et Warmwell, à l'aide de sa main gauche et de son bras droit eut un geste classique – cependant pas encore reçu de la bonne société – pour montrer le peu d'estime qu'il nourrissait envers le Maître de la Chine Populaire. Lin regarda Sam dans les yeux :

– Je vous tuerai pour ce que vous venez de faire.

Le Chinois s'éloigna et l'Américain résuma la situation :

– Il faut nous débarrasser au plus vite de ce bonhomme.

*
* *

La chaleur était étouffante dans le train-ferry et Warmwell, enfilant sa robe de chambre, chaussant ses pantoufles, monta faire un tour sur le pont du navire qui transportait le convoi sur la Manche. Un air frais fouetta délicieusement le visage de l'Américain, qui s'approcha du bastingage pour regarder le sillon d'écume que l'étrave du navire creusait dans une mer d'un calme rassurant. Sam, l'esprit engourdi autant par le sommeil que par le chuintement sans fin du remous contre le flanc du bateau, songea à Gladys et une grande tendresse l'envahit. Il tenta de ricaner en pensant qu'à son âge, il devenait indécent de tomber amoureux à la façon d'un collégien, mais il ne résista pas longtemps et se laissa aller à ses doux phantasmes. Il voyait Gladys, il parlait à Gladys pour lui redire son amour. Gladys était la femme qu'il lui fallait, la seule susceptible de l'arracher au destin médiocre qui lui était réservé, lorsque l'âge ou une blessure grave l'écarterait du service actif. Avec Gladys, il lui semblait que tout lui deviendrait indifférent, hormis leur bonheur partagé. A travers l'écume bouillonnant sous ses yeux, Sam souriait à des visions heureuses et dans les cris des mouettes accompagnatrices, il croyait entendre des cris d'enfants qui seraient les siens et ceux de Gladys. Il allait se redresser pour regagner sa couchette lorsque quelque chose de dur s'enfonça dans son rein gauche tandis qu'on chuchotait :

– Vous avez eu tort de vous moquer de Président Mao, Mr Warmwell...

Un goût de cendre envahit la bouche de Sam. Il savait qu'il allait mourir à cause de son amour pour Gladys. S'il n'avait pas tant pensé à elle, il ne se serait pas laissé surprendre par le Chinois.

– Retournez-vous lentement, Mr Warmwell et

gardez les mains bien visibles. Je ne veux pas vous tirer dans le dos.

Sam obéit et se trouva face au Chinois.

– Cela m'aurait ennuyé de mourir sans connaître le nom de celui qui m'envoie de l'autre côté... Il y en a beaucoup qui voudraient être à votre place.

– Je m'appelle Lin Tchang-naï et maintenant adieu, Mr Warmwell... Vous n'irez pas à Nice...

– Sait-on jamais où l'on va?

Lin n'était pas habile à se servir de sa main gauche, celle avec laquelle (son poignet droit étant cassé) il tenait le pistolet. C'est pourquoi il mit beaucoup plus de temps qu'on en met ordinairement pour tuer. Ramassé sur lui-même, tous ses muscles tendus l'Américain n'était plus qu'une masse de forces immobilisées que la mort libèrerait. Le Chinois appuyait sur la détente lorsque dans l'ombre, une voix sèche lança :

– Mille ans de vie au Président Mao!

Lin sursauta, faillit se retourner, relâcha son attention une fraction de seconde. Ce fut sa perte. Les mains de Sam mirent autour de son cou mince un étau dont il sut tout de suite qu'il était mortel. Sous le choc, le Chinois avait lâché son arme. Qui avait crié en l'honneur du Président Mao? Les doigts de l'Américain disloquèrent ses vertèbres cervicales avant qu'il ait pu se répondre à cette question. Warmwell empoigna le cadavre et le jeta à la mer.

Puis il respira profondément avant de dire d'une voix enrouée :

– Sale vermine... J'ignorais que vous fussiez un disciple de Mao, John?

– Quand il faut agir, j'invoque n'importe quel patron.

– Je suis bien obligé de vous remercier, John... Vous m'avez sauvé la vie. Pourquoi?

– Parce que je suis raciste.

– Ennuyeux...

– Que je sois raciste?

– Non, que je sois encore vivant à cause de vous...

L'Anglais montra la mer :

– Si vous avez envie de rejoindre Lin Tchang-naï, je ne vous retiendrai pas.

– Je vous crois, seulement pour l'instant, je suis votre débiteur et je n'aime pas ça.

– Navré, mon cher.

Sam passa son bras sous celui de son sauveur.

– En attendant de résoudre ce problème, allons vider un godet. Je sens que quelle que soit la marque du whisky qu'on va nous servir, ce sera le meilleur que j'aurai jamais bu.

Ils s'éloignèrent tandis que le navire creusait sa route en haletant et que Lin Tchang-naï s'enfonçait dans les profondeurs salées. Jamais le sergent Smithfield ne trouverait l'agresseur de Ma Finchley.

CHAPITRE III

L'APPRENTISSAGE DU MÉTIER

1

Au *Prim*, sur la Promenade des Anglais, à Nice, M. de Saint-Sève avait une chambre d'angle au huitième étage avec deux fenêtres, l'une donnant sur un balcon lui permettant de dominer la Promenade, l'autre sur une ruelle cachée entre deux groupes d'immeubles et réservée aux services. De là-haut, il avait un regard tout ensemble marin et terrestre. Un merveilleux décor ne cadrant pas – estima-t-il – avec les sombres couleurs dont on lui avait peint sa mission. A présent, accoudé au balcon, il respirait l'air venu du large et commençait à craindre que son « correspondant » ne le contacta trop vite, mettant fin ainsi à son beau voyage. D'excellente humeur, Guillaume, son bain pris, décréta que le métier d'agent secret n'était pas tellement désagréable et fort loin de ce que laissaient supposer les exploits des supermen du cinéma. Helen serait déçue.

Penser à Helen rappela à Saint-Sève qu'il avait promis de téléphoner sitôt son installation à l'hôtel terminée. Il obtint assez vite la Grande-Bretagne, Londres et Belgrave Square. Helen était au bout du fil. L'idée qu'elle attendait sa communication émut profondément le jeune homme.

– Bonsoir, Helen... Comment allez-vous?

– Très bien. Avez-vous fait bon voyage?

– Un peu long, un peu fatiguant, mais tranquille...

– Êtes-vous correctement logé?

– J'ai une chambre sur la mer... Si vous étiez à mes côtés, je me croirais au paradis.

– Vous êtes gentil, Guillaume... Dites-moi...

– Oui?

Elle baissa la voix :

– On n'a pas essayé de vous tuer?

– Ma foi, non.

– Et vous, vous n'avez pas déjà abattu quelqu'un?

– En voilà une idée! Je n'ai pas l'intention d'abattre qui que ce soit!

– Ah! ne parlez pas ainsi, vous me décevez! Êtes-vous agent secret, oui ou non?

– De façon éphémère, oui.

– Alors?

– Je crains, Helen, que vous n'ayez lu trop de livres, vu trop de films qui...

– N'insistez pas, Guillaume, vous me faites de la peine... Bonsoir. J'espère que la prochaine fois, vous aurez de meilleures nouvelles à me donner!

M. de Saint-Sève raccrocha en s'interrogeant sur

ce que Miss Otterburn pouvait entendre par de « meilleures nouvelles ».

Pour retrouver son équilibre que les propos inattendus de sa fiancée avait troublé, le diplomate en vacances se rendit au bar où il reconnut trois des quatre voyageurs qu'il avait vus si âprement discuter dans le train-ferry. Il ne manquait que le dernier membre de ce quatuor, le Chinois. Il nota que le pasteur n'était plus vêtu en clergyman et que l'industriel britannique avait changé la couleur de ses cheveux et perdu ses lunettes. Guillaume était intrigué par ce trio. Un moment, l'idée l'effleura que ces trois hommes se trouvaient là pour l'espionner, mais cette supposition lui apparut vite ridicule : comment auraient-ils appris qu'on avait avancé son départ ?

Au barman – un Italien bavard – il commanda un gin-fizz puis demanda :

– Vous connaissez ces trois types, là-bas ?

– Non... Je ne les ai jamais vus.

Guillaume buvait un second verre lorsque le barman s'enquit :

– Monsieur est seul ?

– Oui, et je tiens à le rester.

– Monsieur se méprend sur mes intentions. Ma qué ! Je ne mange pas de ce pain-là, hé ? Mon père et ma mère m'ont bien élevé et si je suis barman, c'est que j'ai eu des malheurs que je ne méritais pas !

Sur ce, il fondit en larmes. Saint-Sève se pencha un peu sur lui et le bonhomme profita de ce rapprochement pour chuchoter très vite :

– Allez dîner au « Cacatois » dans la vieille ville, rue du Gésu, on vous y attend.

Puis, se remettant à geindre :

– Excusez-moi, Monsieur, mais à chaque fois qu'on me traite avec mépris, c'est plus fort que moi, les larmes me montent aux yeux. D'ailleurs, tous ceux qui me connaissent vous diront : « Luigi Balsamo, c'est un sensible terrible ! Une âme d'une délicatesse comme il y en a plus ! un cœur...! » Enfin, ça fait 15 francs, Monsieur... service compris.

*
* *

La rue du Gésu est une venelle étroite où les voitures ne s'aventurent pas. Elle débouche, d'une part sur la place du Gésu où s'élève une charmante petite église dans le goût italien, d'autre part, dans la rue Ste Reparate, patronne de Nice. Saint-Sève qui connaissait la ville sans être, pour autant familier des vieux quartiers et ayant eu l'idée de se rendre à pied à l'adresse indiquée, eut quelques difficultés à dénicher le « Cacatois ». C'était un de ces restaurants dont la vogue dure une saison ou deux et qui doivent leur réputation beaucoup plus au snobisme qu'à la gastronomie. Il était installé dans une maison vétuste et qui ne semblait pas devoir durer plus longtemps que le restaurant. Le décor de ce dernier relevait d'un art de bazar où se mêlaient les folklores touristiques niçois et napolitain. Le patron, un petit homme grassouillet qui exagérait sa bonhomie méridionale, accueillit Guillaume et le conduisit à une table où il lui présenta le menu rédigé en langue niçoise – le nissart – Lu pébroun ou fourn – Lou poutité dé pouarc aï tàpéri – Lou tomou dé Rouré – La tourta dé limoun –. Amusé, Saint-Sève entreprit de traduire, mais craignant un contresens, il fit avouer au patron qu'il s'agissait de poivrons au four, d'un ragoût de porc aux câpres, de la tome de Roure et d'une tarte au citron. On lui conseilla vivement d'arroser le tout d'un vin de Bellet au bouquet exceptionnel. Guillaume se laissa faire.

Notre héros attaquait son ragoût de porc lorsque les trois individus trop souvent déjà rencontrés à son gré, pénétrèrent dans l'établissement. Il parut au diplomate en rupture de banc que le plus grand et le plus sympathique lui adressait un clin d'œil. Pas de doute, ces types s'attachaient à ses pas. D'ici à conclure qu'ils étaient des agents rivaux... Après tout, Guillaume aimait autant les connaître. D'ailleurs, ils ne tenteraient rien contre lui tant qu'il ne serait pas en possession du fameux pli que le Français croyait bien recevoir dans ce restaurant où il demeura jusqu'à 22 heures. Le patron apporta lui-même l'addition. Quand il l'eut réglée, Saint-Sève allait la mettre dans sa poche lorsqu'il s'aperçut qu'on avait écrit sur le dos de la facture : « Vous devriez faire un tour au « Jardin de l'Ile Enchantée » rue de la Providence à quelques centaines de mètres d'ici. Vous y êtes attendu, M. de S. S. »

Décidé à ne plus s'étonner de quoi que ce soit, notre gentilhomme qui, au fond, s'amusait beaucoup, sortit salué par le patron dont le visage indifférent ne trahissait pas l'ombre d'une complicité.

Guillaume était convaincu que ses anges gardiens le suivraient. Renseigné par un passant, il parcourut la rue Droite, tourna sur sa droite, escalada la première rampe de la colline du Château par la rue Ste Claire où s'ouvre à angle droit la rue de la Providence.

La « boîte » indiquée était, cette fois, corse. On y buvait un mauvais champagne tandis que des garçons s'efforçant de ressembler à Tino Rossi, chantaient des airs du vieux pays. Un ensemble assez pitoyable. Guillaume commença à s'impatienter à partir de minuit. Celui qui devait lui apporter un pli ne se montrait pas. A une heure, Saint-Sève en eut assez et se leva, de méchante humeur. Au vestiaire, remettant son manteau, il s'aperçut qu'on avait glissé quelque chose dans sa poche. Il marqua le coup par une légère hésitation et s'en fut un tout petit peu plus vite qu'il ne l'aurait dû, si bien qu'il s'égara dans le lacis des ruelles et perdit beaucoup de temps sur son chemin de retour. Quand il franchit le seuil du *Prim*, il se sentait nerveux et fatigué. Il se demanda si, en dépit de l'heure, il devait téléphoner à Helen pour lui annoncer qu'il rentrait immédiatement à Londres. Une voix le hélant l'arracha à ses hésitations :

– Hello ! Saint-Sève ?

C'était le grand type sympathique qui l'appelait avec une familiarité assez déconcertante. Guillaume ôta son manteau et s'approcha du trio. Celui qui l'avait arrêté, se présenta :

– Sam Warmwell, américain.

Puis il désigna ses compagnons :

– John Swindon, anglais... Piotr Vakouliev, russe...

– Et le quatrième?

– Pardon?

– Votre ami chinois?

– Figurez-vous que sur le navire qui nous amenait en France, il s'est mis en tête de rentrer chez lui à la nage.

– En Chine?

– En Chine.

– C'est loin.

– Très loin... Vous prenez un verre?

– Pourquoi pas?

Ils burent un premier whisky. Guillaume s'enquit :

– Oserais-je vous demander qui vous êtes?

Ils rirent et John s'exclama :

– Ne nous dites pas que vous ne l'avez pas deviné?

Sam ôta le dernier voile en interrogeant brutalement le Français :

– Alors, vous l'avez?

– Quoi?

De nouveau, ils se mirent à rire et Piotr grogna :

– Il ne faudrait pas nous prendre pour des débutants !

L'Anglais précisa :

– L'enveloppe qu'on vous a envoyé chercher...

Saint-Sève brûla ses vaisseaux puisqu'il allait partir dans quelques heures.

– Oui.

Le Russe suggéra :

– Vous ne seriez pas vendeur, par hasard?

Le diplomate, outré, se redressa :

– Monsieur!

L'Américain s'interposa :

– Excusez-le, Monsieur de Saint-Sève, c'est un moujik !

Piotr rugit :

– Je ne vous permets pas, sale impérialiste !

– Fichez-nous la paix, Piotr! Barman, remettez-nous ça...

Ils trinquèrent. A ce moment, le téléphone sonna. On avertit Monsieur de Saint-Sève que c'était pour lui et il gagna la cabine. Guillaume, ému, crut qu'Helen ayant des remords et ne trouvant pas le sommeil, l'appelait.

– Allo, Helen?

– Navré, Monsieur de Saint-Sève de ne pas être Helen... Ici, Pointel... Vous vous souvenez?

Déçu, le Français grogna :

– Oui, oui...

– On vous a remis ce que vous étiez allé chercher, n'est-ce pas?

– Oui, mais comment êtes-vous déjà au courant?

– Aucune importance. Sans doute vous apprêtiez-vous à rentrer?

– Par le premier avion.

– Vous resterez à Nice, Monsieur de Saint-Sève.

– Mais l'enveloppe...

– En aucun cas, vous ne devez vous la laisser prendre.

– Franchement, je ne comprends pas !

– Ce n'est pas nécessaire.

– Mais enfin, quand pourrai-je rejoindre mon poste?

– On vous avertira. Bonne nuit.

On raccrocha avant que Guillaume n'ait eu le temps d'exprimer à Pointel ce qu'il pensait de lui et de ses méthodes.

De retour parmi ses confrères, Saint-Sève se dit qu'il aurait dû apprendre à son correspondant que les autres l'avaient dépisté et que maintenant, il lui faudrait sans doute se battre. Et puis après tout, qu'il se débrouille! Quant à lui, il n'était pas décidé à risquer sa vie pour mener à son terme une tâche dont on refusait de lui révéler quoi que ce soit. Il commanda une troisième tournée. L'Anglais ne voulut pas demeurer en reste et le Russe n'entendit pas se laisser distancer. Avec cinq whisky dans le corps, le Français se sentait nettement mieux et enclin à un optimisme pour le moins prématuré. Entre les quatre hommes, l'atmosphère devenait de plus en plus familière, voire fraternelle. On parlait fort, on se tapait sur l'épaule. Soudain, Swindon qui avait l'alcool triste, s'exclama :

– Et dire que nous allons devoir nous entretuer!

Guillaume était dans un tel état euphorique qu'il affirma :

– Ça sera charmant, non?

Ils le regardèrent d'abord avec ahurissement puis avec un brin d'inquiétude. Serait-il plus fort qu'ils ne le pensaient? Le Russe siffla :

– Vous jugez que c'est un bon divertissement que de s'étriper?

– Fallait pas entrer dans le jeu, si vous avez peur, mon vieux... Barman, c'est ma tournée !

Saint-Sève eut un rire chevroté, un rire d'homme sôul. Il s'appuya sur l'épaule de Warmwell choisi pour confident :

– Je pense aux têtes de mes futurs beaux-parents s'ils m'entendaient appeler un esclave communiste : mon vieux »!

Vakouliev s'emporta :

– Je savais que les capitalistes étaient idiots mais vous m'en apportez la confirmation, vous, le représentant dégénéré d'une race qui s'est abreuvée de la sueur du peuple !

Guillaume s'adressa à Sam :

– Vous n'avez pas le sentiment qu'il m'engueule?

– Faut pas y prêter attention... A partir d'un certain moment, il est toujours ainsi... Tout à l'heure, il se frappera la poitrine et annoncera qu'il va se tuer... Le mystère de l'âme russe qui demeure semblable à elle-même à travers les régimes... Pas vrai, Piotr?

– Je vous méprise Warmwell et les deux autres aussi...

– Vous ne seriez pas rond, Piotr?

– Moi? Pour quatre ou cinq verres? Nous autres, Russes, résistons à l'alcool comme au malheur... Remplissez nos verres, camarade barman !

Saint-Sève manqua s'étrangler avec son sixième whisky qui le transporta sur des hauteurs insoupçonnées où ne l'atteignaient plus les contingences de la vie quotidienne. Ingénu, il fit une remarque qui déconcerta ses auditeurs :

– Vous vous aimez bien, hein, tous les trois?

L'Anglais, impassible, assura :
– On s'adore !
– Il y a longtemps que vous vous connaissez?
– Pas mal d'années.
M. de Saint-Sève eut un hoquet et on lui fit boire un septième verre sous prétexte de calmer son diaphragme. Guillaume avait l'impression d'être devenu oiseau. Il se mit à siffler. Vakouliev haussa les épaules :
– Ces profiteurs du peuple ne tiennent pas le coup !
Le Français pointa le doigt vers lui.
– Celui-là, il ne me plaît pas...
Piotr répliqua :
– Si vous vous figurez que vous m'êtes sympathique !
Guillaume se tourna vers Sam :
– Croyez-vous que je doive le gifler?
– Absolument inutile... Ce n'est pas un gentleman.
– Vous semblez l'avoir étudié à fond?
– On s'est fait quelques gâteries, les uns les autres...
M. de Saint-Sève savait qu'il était ivre, mais ce qu'il entendait le poussait à se demander si ses compagnons de beuverie n'étaient pas également soûls. Ces Messieurs se rappelaient mutuellement leurs gamineries et farces qui allaient du poison dans l'apéritif à la bombe dans la voiture, en passant par l'attentat nocturne et le serpent glissé dans le lit. Éberlué, Guillaume les écoutait se vanter de ces forfaits dont le moindre eût conduit un citoyen

ordinaire en prison et pour longtemps. Écœuré mais instable, le Français s'arracha à son siège et fut aussitôt en proie au vertige.

– Je... je vais me coucher...

Le barman aux trois-quart endormi l'aida à se maintenir dans la position verticale. Sam s'enquit innocemment.

– Avec votre enveloppe?

– Bien... sûr... Vous... voudriez me... me l'a... chichi... chiper, hein?

– Et comment!

– Poupou... pourquoi vous néné...ssayez pas? Je vous fais... peur?

– Pas vous, mon petit... mais mes deux copains.

Soudain, la voix glaciale de Vakouliev s'éleva:

– Tout le monde les bras en l'air, vite!

Il tenait à la main un Tokarev 7,62 à 9 coups. L'Anglais s'exclama:

– Dieu me bénisse, Piotr! Vous ne seriez pas mieux armé si vous montiez à l'assaut de la Maison Blanche!

L'Américain ironisa:

– Vous bluffez, mon vieux... Nous sommes dans un hôtel, vous n'oseriez pas tirer!

– Il ne tient qu'à vous d'en faire l'expérience.

La situation était des plus tendues lorsque Saint-Sève se mit à brailler « Les Bâteliers de la Volga ». Le Russe s'avança pour lui imposer silence, mais le Français trébuchant lui tomba dessus, s'accrocha à son cou, en suppliant:

– Embrasse-moi, Piotr Vakouliev. Je ne pourrai

pas aller me coucher si tu ne m'embrasses pas, petit frère !

Vakouliev essayant de se défaire de la pieuvre sentimentale qu'était devenu Guillaume, éructait la série étonnante de jurons qu'il connaissait et où se mélangeaient les civilisations des Républiques socialistes soviétiques. L'Américain en profita pour désarmer Piotr. L'Anglais se chargea de l'arracher aux bras trop affectueux du Français. Le barman – que tous savaient être appointé par la D S T – emmena Saint-Sève jusqu'à l'ascenseur et delà dans sa chambre où il le poussa sur son lit avant de se retirer.

En bas, Warmwell adressait des reproches au Russe.

– Piotr, vous ne saurez jamais vous conduire... Un vrai Cosaque... Vous pensez bien que si ce naïf Français vous avait remis le pli que nous sommes unanimes à vouloir, nous ne vous l'aurions pas laissé emporter. Par moment, vous ne vous contrôlez plus et vous oubliez la discrétion qui est de mise dans nos travaux... Vous nous avez déçus, Piotr Vakouliev...

– Sam Warmwell, vous savez ce que je fais de l'opinion des impérialistes?

Swindon intervint :

– Arrêtons-nous là, ce moujik va devenir grossier... et puis, il est temps d'aller dormir.

– D'accord, John, Piotr, est-ce que nous concluons une trêve jusqu'à demain matin?

– Si vous voulez... Moi aussi, je tiens à me reposer...

Ils s'engagèrent donc mutuellement à ne rien tenter contre M. de Saint-Sève sans s'être revus et, sur ce, gagnèrent leur lit. Ils en avaient besoin.

Lorsqu'il fut dans sa chambre, Vakouliev – qui semblait ignorer les impératifs de la fatigue – se déshabilla lentement, se glissa dans sa couche et – comme un croyant sa Bible, il lut quelques pages du « Capital ». Il était monté depuis trois quarts d'heure lorsque, jugeant ses confrères endormis, il sonna le veilleur de nuit et lui ordonna, en russe, de venir le voir et d'ouvrir sa porte sans frapper. Une minute ou deux plus tard, le bonhomme se coula silencieusement dans la pièce. Un quadragénaire malingre au visage jauni par un foie malade.

– Vous m'avez appelé, Piotr Vakouliev?

– Assieds-toi près du lit, Ilia Sergueïevitch et écoute... Je sais que tu as des soucis familiaux et que l'argent te fait défaut...

– Cruellement, Piotr Vakouliev, cruellement.

– Veux-tu gagner dix mille francs?

– 10 000 francs? C'est une fortune!... que me demandez-vous en échange?

– Pas grand-chose... Tu grimpes jusqu'à la chambre de M. de Saint-Sève qui, complètement ivre, doit ronfler... Tu entres et tu essaies de trouver une lettre, vraisemblablement sans inscription... Tu me la rapportes et tu as gagné dix mille francs...

– Vous n'avez pas une idée de l'endroit où je dois chercher d'abord?

– Il est soûl, il a donc, sans doute, vidé ses poches et flanqué le tout dans un tiroir. Ne perds pas ton temps à fouiller ses vêtements...

*
* *

Guillaume de Saint-Sève n'avait pas repris conscience depuis qu'on l'avait jeté sur son lit. Il eût été bien incapable – contrairement à ce que pensait Vakouliev – de ranger quoi que ce fût. Parce qu'un rayon de lune, entrant par la fenêtre grande ouverte, faisait briller la glace de l'armoire comme la surface d'un étang gelé et qu'ouvrant, pendant quelques secondes, un œil hagard, le Français avait vu cette clarté, il s'était rendormi en rêvant que des ennemis voulaient l'empêcher de sortir de cette eau épaisse où il se débattait. Il grognait, haletait, voulant frapper ses adversaires qui, sans cesse, se dérobaient.

Ilia Sergueïevitch pénétra dans la pièce sans déclencher le moindre bruit. Un homme qui était fait pour ce métier. Sitôt la porte refermée, il demeura un instant immobile pour repérer l'emplacement des meubles et ne pas risquer de les heurter. A sa droite, la salle d'eau. Il avança de deux ou trois pas pour se trouver sur le seuil de la chambre proprement dite. Juste devant lui, la fenêtre du balcon. Elle était fermée. A sa droite, la seconde fenêtre – ouverte – donnait sur la ruelle. A côté de cette fenêtre, une armoire à glace. A gauche, une commode, le lit avec les tables de chevet, une coiffeuse. Ilia écouta la respiration lourde, saccadée du Français et sourit : une tâche facile. Il fouilla successivement les trois tiroirs de la commode pour constater qu'ils étaient vides, de même ceux des tables de chevet. Il ne trouva pas davantage ce qu'il cherchait dans l'armoire. Force lui fut d'admettre que Vakouliev s'était trompé et que le Français dormant tout habillé, avait gardé le document sur lui. La partie devenait plus difficile. Sergueïevitch hésita, mais dix mille francs... Il se pencha sur Saint-Sève et commença à glisser la main dans sa veste au moment où Guillaume, perdu dans son cauchemar, luttait pour ne pas se noyer. Il attrapa le poignet du veilleur de nuit qui voulut se dégager brutalement. La secousse arracha le dormeur à ses phantasmes. Il se réveilla, distingua la silhouette du Russe, se leva d'un bond et mélangeant le réel et le songe, entreprit de combattre – en la personne d'Ilia – les créatures fantômatiques qui l'assaillaient depuis qu'il s'était couché. Voyant la lumière de la glace ornant l'armoire, il voulut y renvoyer celui qui le harcelait et, d'un coup de poing, où il mit toute sa force, il tenta d'expédier son adversaire dans l'eau gelée miroitant sous ses yeux. Le choc fit partir le Russe à reculons à demi inconscient. Sa mauvaise étoile voulut qu'Ilia ne prit pas la direction de l'armoire, mais celle de la fenêtre. Il s'écrasa sur le pavé, huit étages plus bas.

2

Piotr avait été très long à s'endormir. Il ne comprenait pas pour quelles raisons Ilia n'était pas revenu lui apporter le message qu'il avait dû voler au Français. Il n'y avait à cela que deux explications : ou cet imbécile de Sergueïevitch n'avait pas trouvé ce qu'il cherchait ou il s'était lamentablement dégonflé. S'il en était ainsi, il allait entendre parler de Vakouliev! Le Russe avait fini par s'endormir d'un sommeil agité. Vers huit heures, il s'éveilla et, sortant de son lit, s'en fut regarder par la fenêtre où son regret du pays natal lui fit voir au lieu d'une mer bleue et paisible, un océan de blés aux limites infinies. Dans sa tête de fanatique résonnèrent cependant les cloches du souvenir qui chantaient chaque dimanche dans son village. Il eut honte de cette faiblesse et, pour s'en punir, il s'imposa de lire à haute voix, trois pages du « Capital ». Son châtiment volontaire achevé, Piotr, épuisé, se recoucha et téléphona pour réclamer son petit déjeuner. Sans oser se l'avouer, il convenait que certaines mœurs occidentales avaient du bon.

Le garçon déposa son plateau sur les genoux du Russe et se retira. Entre le pot de thé et celui contenant de l'eau chaude, il y avait deux lettres adressées à M. P. Vakouliev. L'absence de tout timbrage démontrait qu'il s'agissait d'un courrier intérieur de l'hôtel. Il ouvrit la première :

« – Camarade, Une fois de plus vous avez essayé de nous rouler en tentant, malgré votre engagement, de dérober à M. de Saint-Sève le document qui nous intéresse. Vous êtes incorrigible tovaritch Vakouliev! Parce que je suis un bon type, je vous adresse quand même mes condoléances pour le départ inattendu de votre compatriote. Il a tenu, sans doute, à vous annoncer au paradis marxiste-léniniste. Sam Warmwell. »

La seconde missive était plus laconique.

« Piotr, le mangeur de grenouilles nous a, peut-être, tous possédés. Il me paraît beaucoup plus fort que nous le croyions. Votre dévoué. John Swindon. P. S. Dommage que vous ayez cru devoir charger de votre boulot ce malheureux Sergueïevitch, on serait débarrassé de vous. »

Le Russe froissa les deux billets dans sa main. Il s'était passé quelque chose. Mais quoi? Sergueïevitch était-il mort? en prison? La rage l'étouffait. Il ne tolérait pas d'être moqué par des agents capitalistes! Il lui semblait que c'était là un sacrilège qui, dépassant sa propre personne, atteignait le régime soviétique tout entier. Il rêvait du jour merveilleux où il tiendrait l'Anglais et l'Américain à sa merci. Cette douce éventualité le poussait à sourire comme un amoureux à l'idée de son voyage de noces. Vakouliev but une tasse de thé, se calma et décida, enfin, à se préoccuper de son émissaire Sergueïevitch. Il sonna la femme de chambre. Celle-ci ne tarda pas à se présenter.

– Monsieur a sonné?

– Oui... Il me semble avoir perçu un certain remue-ménage dans l'hôtel, au petit matin.

La jeune femme parut gênée.

– Je... je ne sais pas. Je ne suis arrivée qu'après...

– Après... quoi?

Elle hésita puis se décida brusquement:

– Oh! Et puis après tout, puisque les flics sont dans la maison... vous finirez toujours par l'apprendre, hein?

– Bien sûr...

– Il s'agit d'un suicide...
– Ah?
– Notre veilleur de nuit qui s'est balancé dans la rue... Il a dû tomber de haut, parce qu'on l'a ramassé, à ce qu'il paraît, en capilotade...
– Je crois l'avoir vu hier soir...
– Un petit malingre... Il avait pas dû manger tous les jours à sa faim, le pauvre...
– Un bavard?
– Oh! non... mais un type bizarre... comme la plupart des gens qui viennent de là-bas... On peut jamais deviner s'ils sont civilisés ou non!

Vakouliev faillit envoyer son plateau à la figure de cette esclave stupide. En U. R. S. S., les choses se dérouleraient autrement! Elle semblait avoir un grand besoin d'être rééduquée, cette idiote! Il la congédia assez brutalement.

Ainsi, Ilia Sergueïevitch était mort... Que ce fût à cause de lui ne troublait en rien la conscience de Piotr, mais la disparition de son homme lui devenait un affront intolérable, car il ne pouvait être question de suicide: le Français avait bel et bien surpris Ilia dans ses investigations et l'avait flanqué par la fenêtre. Ce Franzouski les avait tous roulés en jouant les ivrognes... Vakouliev ne pouvait supporter l'idée de passer pour un benêt aux yeux des agents occidentaux. Ça lui était une injure inadmissible. Il fallait qu'il se venge, lui, Ilia, et l'U. R. S. S. Peu à peu et pour la première fois de sa carrière, Piotr en arrivait à oublier sa mission pour ne plus penser qu'à sa haine envers Saint-Sève. Il se devait de le tuer pour retrouver sa propre estime et sa confiance en soi. Le reste, tout le reste perdait de l'importance devant cette tâche primordiale.

*
* *

Le commissaire Antoine Belvès avait vu le jour à Lunel. Il avait du Méridional l'apparente rondeur, le visage de proconsul romain (menton légèrement empâté, couronne de cheveux argentée autour d'un crâne rond précocement dégarni, enbompoint encore discret mais qui, visiblement, ne demandait qu'à s'imposer au premier rang), cependant, il n'en avait pas la jovialité naturelle. Paradoxalement, avec un visage de bon vivant, il était né triste, avait horreur de la plaisanterie, méprisait l'imagination. Il vivait seul et se vantait – parce que plus intelligent que les autres – d'avoir échappé aux pièges de l'amour. A cinquante ans, il menait une existence entièrement guidée par les froides règles de la logique et ne goûtait, en guise de distraction, que les joies sévères des sciences exactes. Au contraire, l'inspecteur Gilles Bretenoux, un Toulonnais, ne pouvait rester silencieux. Grand, maigre, le nez en bec d'aigle, il ressemblait à un don Quichotte qui se serait nourri d'aïolis. Emporté, véhément, il exaspérait Belvès par sa fougue et se faisait sans cesse rappeler à l'ordre. Depuis que Gilles était devenu son second, vingt fois par jour, le commissaire se demandait pourquoi il ne s'était pas encore séparé de lui et pour quelles raisons, il lui passait tout, notamment son irrésistible passion pour les femmes, qui le poussait à entrer en transes sitôt qu'une jupe apparaissait sur sa ligne d'horizon. Chaque homme, même au caractère le mieux trempé, a toujours une faiblesse et la faiblesse de Belvès, c'était cet insupportable Bretenoux.

Le commissaire détestait qu'on troublât son emploi du temps et celui-ci réservait une grande place aux repas et au sommeil, c'est pourquoi il était d'une humeur massacrante depuis quatre heures du matin, quand on l'avait réveillé pour le prier de se rendre au plus vite à l'hôtel *Prim* où un homme venait de trouver la mort dans des conditions bizarres. Il se vengea en tirant de son lit un Bretenoux qui ne devait pas dormir seul, si Belvès devait en juger par les grognements féminins servant de fond sonore à son bref entretien avec l'inspecteur.

On avait installé les policiers dans un petit salon du *Prim*. Ceux-ci, après avoir examiné la dépouille disloquée de Sergueïevitch auraient conclu au suicide s'il avait été possible de repérer l'endroit d'où le Russe s'était jeté dans le vide et surtout s'il n'avait porté, au menton, une contusion ressemblant fort à celle laissée par un poing solide. Très vite, Belvès acquit la conviction que le défunt était tombé à la suite d'un coup d'une grande violence. Au désespoir du personnel dirigeant de l'hôtel, il fallut mettre en branle la machinerie judiciaire. Le Substitut du Procureur, le juge désigné pour instruire cette affaire, le médecin légiste, l'Identité judiciaire, pendant près d'une heure, dansèrent un ballet compliqué autour de feu Ilia Sergueïevitch. Quand tous ces Messieurs se retirèrent, le commissaire Belvès, ayant reçu commission rogatoire, put faire appeler celui qui avait découvert le corps. Il était sept heures du matin.

L'homme se présenta, une sorte de clochard, mais sans la misère physiologique qui, d'ordinaire, accompagne cet état. Il pouvait compter soixante-cinq ans et paraissait avoir l'œil encore très vif. Bretenoux l'accueillit avec sa familiarité habituelle, familiarité qui exaspérait Belvès.

– Alors, pépé, comment vous appelez-vous?

– Urbain Cantaselli.

– Quel âge?

– Bientôt septante...

– Vous ne travaillez plus?

– Je bricole...

– C'est-à-dire?

– Ben, de bonne heure, je fais les poubelles des grands hôtels... On y trouve de drôles de choses, quelquefois...

– Un cadavre, par exemple...?

– Attention! Il était pas dans une poubelle... seulement sur le trottoir... en foutu état...

– Il était seul?

– Parce que vous auriez voulu qu'il y ait la paire?

– Un petit rigolo, notre pépé, hé? Je voulais simplement savoir si vous aviez remarqué quelqu'un dans la rue.

– Personne... Rien que les poubelles et lui, le pauvre... Ça doit être un chagrin d'amour...

– Alors, elle devait être costaude...

Le commissaire se mêla au débat.

– M. Cantarelli, qu'avez-vous fait quand vous avez découvert le cadavre?

– Eh ben! j'ai dit: merde! Et puis j'ai levé la tête pour tenter de voir d'où qu'il était tombé...

– Et puis?

– Toutes les fenêtres étaient fermées, dame!.. Il devait être dans les trois heures, trois heures et demie...

– Toutes?

– Sauf une...

– Bon, venez avec moi...

Belvès sortit en compagnie de Cantarelli et de Bretenoux. Au passage, ils cueillirent le directeur et tous quatre gagnèrent la ruelle où l'on avait trouvé le corps. Le commissaire attrapa le vieux par le bras.

– Monsieur Cantaselli, prenez votre temps et montrez-moi la fenêtre que vous avez vue ouverte, cette nuit, au-dessus du cadavre.

Le vieux s'imposa un intense effort de réflexion qui lui plissait le front et lui alourdissait le regard. Soudain son visage s'éclaira:

– Ça y est! Je me rappelle! Elle était juste à côté de la bosse que fait le gros tuyau de descente! C'est celle-là!

– Vous en êtes sûr?

– Absolument!

On se précipita à la réception pour savoir qui habitait la chambre que le directeur avait déclaré être la 427. Le livre des entrées consulté, l'hôtelier, le sourire aux lèvres, remarqua :

– Je crains, Monsieur le Commissaire, qu'il ne vous faille renoncer à votre piste...

– Pourquoi ?

– La chambre 427 est occupée par M. de Saint-Sève, membre de notre ambassade à Londres.

– Et alors ?

*
* *

Guillaume se réveilla la tête lourde, le cheveu hirsute, la paupière fripée, la bouche pâteuse. Il eut beaucoup de mal à reprendre pied dans le réel. Quand il y fut parvenu et qu'il put se rappeler les événements de la veille, il se leva, se déshabilla, enfila son peignoir et alla se passer la tête sous le robinet afin de se rafraîchir la cervelle et de se remettre les idées en place. Allumant sa première cigarette de la journée, il s'enfonça dans un fauteuil pour songer aux étranges aventures auxquelles il avait été mêlé depuis son arrivée à Nice. De ses adversaires Sam Warmwell lui était le plus sympathique et, partant, le plus dangereux. Il en était là de ses réflexions lorsqu'ayant répondu : entrez !... au petit coup frappé à sa porte, il vit apparaître deux Messieurs qu'il ne connaissait pas. S'agissait-il encore d'agents secrets? Très vite, les nouveaux venus dissipèrent ses illusions :

– Monsieur de Saint-Sève ? – s'enquit le plus grassouillet des deux.

– En effet.

– Commissaire Belvès... Mon adjoint, l'inspecteur Bretenoux.

– Enchantés, mais vraiment, je ne vous attendais pas.

– On ne nous attend jamais, Monsieur. Monsieur de Saint-Sève, nourrissiez-vous une rancune particulière contre le nommé Ilia Sergueïevitch, veilleur de nuit de cet hôtel?

– Contre qui?

– Ilia Sergueïevitch.

– Première fois que j'entends ce nom.

– Pourtant, cette nuit, vous l'avez bien reçu dans votre chambre?

– Monsieur le Commissaire, vous étonnerais-je en vous affirmant que les gens relevant du monde diplomatique n'entretiennent guère de relations avec celui des veilleurs de nuit? Je ne connais pas votre homme. D'ailleurs, demandez-lui s'il me connaît. Je serais surpris qu'il répondit par l'affirmative !

– Moi, je serais surpris qu'il me répondit de n'importe quelle façon.

– Ah?

– Il est mort, Monsieur.

– Ah?

– Il a été précipité par la fenêtre d'une chambre de l'étage où vous êtes et un témoin a constaté qu'à l'heure approximative du drame, votre fenêtre était la seule ouverte...

Tout d'un coup, la mémoire revint à Guillaume. Cet individu qui fouillait ses affaires – et qu'il croyait appartenir à l'univers délirant du cauchemar – avait été un être vivant et au lieu de l'envoyer dans l'armoire à glace, il l'avait expédié par la fenêtre. Belvès qui l'épiait, remarqua son changement de physionomie.

– Vous venez de vous rappeler quelque chose?

– Non, non... J'essayais de me souvenir...

– De quoi?

– Si j'avais entendu un bruit insolite dans la chambre voisine.

– C'eut été surprenant car elle n'a pas été louée. M. de Saint-Sève, comptez-vous rester longtemps à Nice?

– Cinq à six jours, au plus. Pourquoi?

– Eh bien! disons que je ne suis pas très satisfait de notre conversation...

– Vous m'en voyez navré.

– Excusez-moi, je ne le crois pas.

– Je n'ai pas l'habitude qu'on mette mes paroles en doute. Adieu, Messieurs.

Belvès s'inclina.

– A très bientôt, Monsieur de Saint-Sève.

Les policiers partis, Guillaume se laissa retomber dans le fauteuil abandonné pour faire face au commissaire et à son adjoint. Maintenant, il revoyait la bataille nocturne avec précision, comme si, à son insu, son cerveau avait enregistré les images de la scène jouée avec Sergueïevitch. Ainsi, pour la première fois de sa vie, Saint-Sève avait tué un homme... Ce qu'il tenait jusqu'alors pour une sorte de comédie-farce se muait soudain en tragédie. Il avait tué un homme... Que dirait Helen quand elle saurait ? Guillaume se demandait qui pourrait jamais lui pardonner le crime qu'il ne pouvait confesser, en dehors de Dieu ou de sa Sainte-Mère ?

*
* *

Filé, sans qu'il s'en doutât par Vakouliev qui, tout entier à sa haine, attendait le moment propice pour tuer le Français, Saint-Sève suivit la Promenade des Anglais et à son terme, remonta le long des Jardins Albert Ier pour plonger en direction de la Vieille ville. Il arrivait sur la place du Palais de Justice lorsque ses yeux rencontrèrent une plaque indiquant que la poste n'était qu'à quelques pas. Il pensa alors à téléphoner à Helen. On lui fit attendre Londres une demi-heure. Quand il eut la jeune fille au bout du fil, il ne prit pas le temps de lui demander de ses nouvelles, même pas de lui souhaiter le bonjour et c'est en anglais qu'il lui annonça :

– Helen... ça y est !

– Qu'est-ce qui est, darling ?

– J'en ai tué un !

– Un quoi ?

– Un Russe !

Il y eut un court silence puis la voix tremblante de la lady s'enquit :

– Comment ?

– Je l'ai flanqué par la fenêtre et... et j'habite au huitième... Helen... je ne l'ai pas fait exprès, vous savez !

– Seigneur ! Si vous défenestrez les gens par distraction, il nous faudra habiter au rez-de-chaussée !...

Guillaume, je suis très fière de vous ! Continuez !

– Que je continue ?

– Vous ne les avez certainement pas tous éliminés, n'est-ce pas ? Alors... bye-bye, chéri !

Il raccrocha, sortit de la cabine dans un état second. Il apprenait à sa fiancée qu'il s'était rendu coupable d'un meurtre et elle le félicitait en l'encourageant à faire mieux... Il lui confiait son désarroi et tout ce qu'elle trouvait à lui répondre c'était : bye-bye, chéri !

*
* *

Guillaume ignorait pourquoi il se rendait à l'église du Gésu plutôt qu'à une autre... Simplement, la veille en allant au restaurant « Le Cacatois », il avait vu le perron menant à l'église. L'intérieur, petit, était merveilleusement décoré. Le Français sentit qu'il avait trouvé là son hâvre. Ces statues aux sourires tendres, aux gestes bénisseurs, semblaient vouloir l'accueillir et le consoler. Il se trouvait – à part deux ou trois vieilles silhouettes tassées sur leur banc – seul dans la maison de Dieu et la paix se glissa dans son cœur. Il demanda passionnément au Seigneur de l'éclairer sur la manière dont il devait se comporter. S'assoupit-il dans le silence du lieu saint ? Toujours est-il que lorsqu'il émergea de sa torpeur, il se jugea délivré et se plongea dans une fervente action de grâce. A la fin de son oraison, il lui parut que Sainte-Marthe lui souriait pour lui donner à entendre que tout irait bien désormais.

Saint-Sève avait été arraché à ses songes par l'entrée d'un groupe de touristes germaniques que dirigeait un jeune Niçois, joli garçon et bavard. Il s'exprimait en un allemand sentant la pissaladière d'une lieue. Distrait, le Français s'intéressa, non pas aux explications qu'il ne pouvait comprendre, mais à la mimique du cicérone qui l'enchantait. Il quitta l'église, la troupe jacassante sur ses talons. Il s'engagea dans la venelle débouchant sur la rue Ste-Reparate. Le guide annonçait à ses ouailles qu'il les conduisait à la cathédrale Ste-Reparate et glosa malicieusement sur les pitoyables aventures de cette petite sainte morte à douze ans à Césarée, en Palestine. Ange Marradi (c'était le nom du garçon) n'avait pas encore assez vécu pour savoir qu'on ne doit jamais moquer – même affectueusement – ceux et celles que Dieu a choisis pour les installer en priorité, dans son Paradis. Il allait l'apprendre à ses dépens.

Hâtant le pas, Saint-Sève avait quelque peu distancé ses poursuivants insouciants et approchait de la rue Ste-Reparate lorsque Piotr déboucha de cette rue, un pistolet à la main. En voyant le Français, un sourire cruel tordit ses lèvres minces. Il leva l'arme munie d'un silencieux. Paralysé, Guillaume acceptait de mourir quand une fille sortant d'une maison, se plaça entre le Russe et lui. Instinctivement, Guillaume la prit par la taille et roula au sol avec elle à l'instant précis où Vakouliev tirait. Ange Marradi ne sut jamais qu'il était mort d'une balle qui ne lui était pas destinée et qui l'atteignit en plein front, le faisant directement monter au Ciel où la petite Reparate l'attendait, le sourcil froncé.

Le coup de feu déclencha un hourvari et une fuite éperdue, tandis que Piotr, hors de lui, était contraint de se sauver. Très vite, dans la rue du Gésu, il ne resta plus que le corps du pauvre Ange Marradi et Saint-Sève assis sur le trottoir, une fille en proie à une crise de nerfs dans les bras. Pour la calmer, il lui caressait les cheveux et comme il la trouvait très jolie, il s'enhardit jusqu'à l'embrasser à seule fin, évidemment de la rassurer et de l'aider à récupérer son sang-froid. La jeune fille se calmait juste au moment où les agents arrivèrent. Le brigadier se planta devant le couple :

– Vous trouvez que c'est vraiment l'endroit pour vous peloter ?

Un des agents qui examinait le cadavre, cria :

– Chef, je le connais ! C'est le fils Marradi ! Vous savez le garçon de celle qui tient le P. M. U. dans...

– Et alors ?

– Et alors, il est mort.

– De quelle façon ?

– Une balle en plein dans la tête.

Le brigadier regarda Saint-Sève :

– C'est vous ?

– Moi ? Je l'ai vu pour la première fois à l'église, il y a quatre à cinq minutes.

– Et celle-là ?

– Je ne la connais pas davantage.

– Et vous vous asseyez sur le trottoir pour embrasser les filles que vous ne connaissez pas ?

– Ma foi...

– J'aimerais bien savoir ce que vous faites, toujours dans la rue, à celles que vous connaissez? Allez! au poste! On s'y expliquera!

Au poste, M. de Saint-Sève apprit que la demoiselle sauvée par ses soins s'appelait Aurora Caltabellota, qu'elle avait vingt-trois ans, qu'elle était née en Sicile d'où sa famille – arrivée depuis cinq ans à Nice – était originaire, qu'elle vivait chez son père, maçon, rue St-Joseph et qu'elle n'avait jamais vu le Monsieur lui ayant évité d'être assassinée. Des témoins confirmèrent que l'assassin avait nettement visé le Monsieur qui avait roulé au sol avec la demoiselle et que le pauvre Marradi était mort par hasard. Le commissaire de quartier renvoyait tout le monde lorsque, au grand déplaisir de Guillaume, le commissaire Belvès, venu voir son collègue pour l'inviter à déjeuner, entra dans le bureau. A la vue de Saint-Sève, il marqua un temps d'arrêt et se contenta de dire :

– Tiens donc!

Renseigné par son ami, Belvès sut vite l'affaire. On libéra les témoins du meurtre, y compris Aurora, mais Guillaume fut prié de rester encore un instant et le commissaire Belvès dirigea les opérations :

– Monsieur de Saint-Sève, je ne pensais pas vous revoir si vite...

– Moi non plus.

– Pourquoi vous a-t-on tiré dessus?

– Je l'ignore.

– Monsieur de Saint-Sève, les statistiques le démontrent, à Nice le nombre des paranoïaques et autres schizophrènes n'est pas plus important qu'ailleurs, au contraire, la douceur du climat exerçant une influence apaisante sur les nerfs malades...

– Je n'en doute pas.

– Tant mieux ! mais alors expliquez-moi pour quelles raisons, tous les malades mentaux de la Côte d'Azur paraissent être attirés par vous ? Un veilleur de nuit qui, jusqu'ici ne donnait pas le moindre signe de déséquilibre intellectuel, se suicide en semblant avoir choisi votre chambre pour piste d'envol...

– Monsieur le Commissaire, je...

– Je sais ! Vous niez et, pour l'heure, je n'ai pas de preuve formelle. Je ne désespère pas de la trouver, ayez confiance. Maintenant, un inconnu vous prend pour cible en pleine rue, vous manque et tue un malheureux garçon étranger à l'histoire... Monsieur de Saint-Sève, qui est le meurtrier ?

– Si je le savais...

– Mais vous ne le savez pas...

– Je ne le sais pas.

Il y eut un silence puis Belvès déclara :

– Monsieur, j'ai horreur qu'on me prenne pour un sot. Désormais, entre vous et moi, la partie est engagée et, croyez-moi, je la mènerai jusqu'au bout. A partir de maintenant, je vous donne l'ordre de m'avertir dès que vous aurez maille à partir avec la loi, fût-ce pour avoir jeté un papier là où vous ne deviez pas le jeter. Je ne vous lâche plus, Monsieur de Saint-Sève.

3

En franchissant le seuil du poste de police, Guillaume se disait que les choses commençaient à se gâter sérieusement et qu'un nouvel « accident » de parcours pourrait lui être fatal avec ce policier décidé à s'accrocher à ses basques. Saint-Sève traversait la place Saint-François pour gagner le boulevard Jean-Jaurès. Ayant l'esprit ailleurs, il ne prêtait guère attention à ce qui l'entourait, c'est pourquoi il ne vit la belle Sicilienne qu'au moment où il se heurtait à elle. Avant qu'il n'ait pu s'excuser, elle lui mit les bras autour du cou et écrasa ses lèvres contre les siennes. Guillaume manqua perdre le souffle au cours de ce baiser qui n'en finissait pas. Quand enfin, il parvint à se dégager, Aurora roucoula : « Amor mio... » tandis que des applaudissements discrets saluaient cette étreinte publique autant que chaleureuse. Surpris et gêné, Saint-Sève regarda ces amateurs de démonstrations tendres et vit cinq hommes au poil noir qui lui souriaient tandis que quatre femmes le contemplaient visiblement émues. Aurora prit la main du jeune homme dans la sienne.

– Tu es à moi, maintenant.

– Pardon ?

– Tu m'as sauvé la vie, je t'appartiens.

– Vous êtes bien bonne, mais...

Elle baissa pudiquement les yeux pour dire :

– On se mariera quand tu voudras.

– Quoi ?

Un quinquagénaire trapu, à la moustache épaisse, aux sourcils broussailleux, s'approcha. Il empoigna Guillaume aux épaules.

– J'ignore encore ton nom mais je sais que tu es déjà mon fils... Je m'appelle Caltabellota. Eduardo Caltabellota... Laisse-moi te donner le baiser paternel, figlio mio !

Et le Sicilien plaqua, sur les joues du très distingué diplomate, deux baisers sonores parfumés à l'oignon et à l'anchois.

– En choisissant Aurora, tu ne pouvais pas mieux choisir, fils... C'est une perle, notre Aurora... J'espère que tu te montreras digne de ta chance !

– Écoutez, Monsieur Caltabellota...

– Chez nous, fils, on n'interrompt pas le père quand il parle. Embrasse plutôt ta mère !

Guillaume ne savait plus s'il rêvait ou si ce qui se passait se déroulait dans la réalité. Une grosse femme au sourire fondant l'embrassa goulûment. Celle-là sentait la friture.

– Je suis Maria-Pia. C'est moi qui ai mis au monde ton Aurora. A présent, tu es mon enfant comme elle est mon enfant. Je réussis très bien la pizza.

– Madame...

– Appelle-moi mamma, va, bambino !

Se faire traiter de « bambino » par une matrone italienne, quand on approche de la trentaine et qu'on est attaché d'ambassade, il y a de quoi désarçonner l'esprit le plus large. Guillaume s'énerva :

– A la fin, vous...

Une pression des doigts d'Aurora sur les siens l'obligea à la regarder. Elle était inquiète. D'une moue, elle lui fit comprendre qu'il devait se taire. Guillaume n'avait jamais su résister à la prière de beaux yeux éplorés. Il se tut et Eduardo put annoncer :

– Voilà ton frère, Amadeo.

Un grand gaillard au front bas et au cheveu frisé étreignit Guillaume. Celui-là sentait le poisson et plus précisément la sardine.

– Et Vittorio...

Plus court que son aîné mais encore plus large d'épaules, le garçon assura le sauveteur d'Aurora qu'il était heureux de le voir entrer dans la famille. Dans le baiser qui suivit, Saint-Sève ne respira qu'une odeur de sueur, fort désagréable, d'ailleurs.

– Massimo...

Le cadet des Caltabellota ne rappelait en rien ses frères. Il était aussi mince et agile que les autres étaient lourds et épais. Il portait des cheveux longs et fleurait l'eau de Cologne généreusement répandue sur toute sa personne. Il cligna de l'œil à Guillaume en disant :

– Peut-être que t'as été pris au piège, frérot?

Aurora intervint :

– Tais-toi ! Tu devrais avoir honte ! On s'aime...

Elle leva un regard timide sur Saint-Sève pour quêter une approbation qui ne vint pas et elle murmura, mélancolique :

– Moi, je l'aime...

Massimo renchérit :

– Faudra la rendre heureuse, elle le mérite.

Et il embrassa son futur beau-frère.

Il y avait un vieux, au cou de pintade qu'enfermait, mal, un col trop grand. De ses yeux profondément enfoncés dans l'orbite jaillissait un regard aigu. Une canne l'aidait à marcher. Il avait des mains maigres, sèches, tordues, pareilles à des racines. Il agrippa Guillaume par un bras et celui-ci s'aperçut que le bonhomme avait encore de la poigne. Il colla sa joue creuse, au poil raide, contre la joue de Saint-Sève qui eut l'impression qu'on le frottait avec une râpe à fromage.

– Moi, c'est Septimo et tous ceux-là, ils descendent de moi...

Il tendit la main vers une femme aux cheveux blancs, un peu bossue mais dont un bon sourire éclairait le visage banal.

– ... et de celle-là... Agata, ma compagne...

La brave aïeule contemplait Saint-Sève avec des yeux émerveillés. Elle lui prit la main et la baisa. De sa nuque montait une odeur légère de feuilles séchées. Eduardo reprit la parole :

– Mes deux autres filles, tes sœurs sur qui tu devras veiller avec tes frères, Angelina et Proserpina.

Elles ressemblaient à Aurora dont elles avaient la taille élancée, la chevelure sombre, la bouche pulpeuse. Proserpina, la seconde, était plus petite et plus boulotte que son aînée et que sa cadette. Elles riaient, mais avec gravité. En les embrassant, Guillaume découvrit que Proserpina sentait le pain sortant du four et Angelina la lavande.

– A présent – décréta Caltabellota – on rentre tous à la maison.

Saint-Sève protesta :

– Attendez !

Ils suspendirent leur mouvement de repli. Eduardo demanda :

– Quelque chose ne va pas?

– Je ne peux pas épouser votre fille.

– Tu ne peux pas? Et pourquoi?

– Je ne la connais que depuis un quart d'heure, voyons !

– Et alors ! Tu as toute la vie pour la découvrir !

– Mais je ne l'aime pas !

– Tu ne l'aimes pas, hé? Tu ne l'embrassais donc pas sur le trottoir?

– Si...

– Pour quelles raisons, si tu ne l'aimes pas?

– Elle avait peur... Je voulais la rassurer...

– Tu as de drôles de façons de rassurer les filles, figlio mio...

– Nous étions dans des circonstances exceptionnelles... Je venais de lui sauver la vie...

– Justement !... Les Caltabellota ont l'habitude de payer leurs dettes. Tu nous as gardé notre enfant. En échange, elle ne peut que t'offrir ce qu'elle a de plus précieux : cette vie que tu lui as donnée une seconde fois. Assez discuté, en route !

– Je vous assure que ce n'est pas possible...

Les trois garçons se placèrent aux côtés du père dont le ton se durcit.

– Chez nous, l'honneur est sacré ! Celui qui touche à l'honneur de l'un de nous, il meurt... Si tu n'épousais pas Aurora, elle n'aurait plus d'honneur...

– Mais enfin, je ne vois pas ce que j'ai fait contre son honneur?

– Tu l'as embrassée en pleine rue devant tout le monde! Et tu as recommencé, il y a un instant!

– Mais c'est elle qui...

– Serais-tu un lâche? Traiterais-tu ma fille de prostituée? Si elle t'a embrassé c'est parce qu'elle t'aime et elle t'aime parce qu'elle croit que tu l'aimes. C'est simple, non?

Saint-Sève n'osa pas prétendre le contraire. Eduardo conclut :

– Si tu la repousses, Aurora aura perdu son honneur et sais-tu ce qui arrive quand une fille a perdu son honneur?

– Non.

– Elle doit mourir... si elle n'a pas une famille capable de tuer celui qui l'a déshonorée. Tu as saisi?

– Je crois...

– Alors, viens, figlio mio... A propos, comment t'appelles-tu?

– Guillaume de Saint-Sève...

*
* *

Caché dans le recoin d'une maison, Vakouliev avait observé la scène mettant aux prises le Français et les Siciliens sans pouvoir entendre les propos échangés. Son envie de tuer Saint-Sève ne s'était pas calmée. Il hésita à se lancer sur les traces de celui qu'il tenait absolument à avoir pour victime, mais cette bande d'hommes et de femmes en noir, s'éloignant avec Guillaume l'emplissait d'une certaine méfiance. Il allait pourtant se décider lorsque deux ombres l'encadrèrent et se matérialisèrent très vite en Warmwell et Swindon. L'Américain souriait :

– Piotr, vous m'étonnez ! Jamais je ne vous aurais cru aussi sentimental. Votre avis, John?

– On m'aurait dit que notre ami Vakouliev adorait les histoires d'amour, je serais resté sceptique, mais maintenant...

– Maintenant que vous avez vu, vous ne pouvez nier...

– ... que notre ami ait gardé du bon vieux temps tzariste ce goût de la romance à deux... ô tchitchornia !

Comme chaque fois qu'il ne comprenait pas, Piotr se mit en colère.

– Qu'est-ce que vous racontez, tous les deux? Vous avez fini de vous ficher de moi?

Sam s'adressa à Swindon.

– Nous nous moquons de lui, John?

– Jamais de la vie ! Nous tirons la leçon de ce qui a eu lieu sous nos yeux...

– Enfin, ça signifie quoi, cette comédie?

Warmwell expliqua :

– Par vos soins, ô tendre Piotr Vakouliev, voici notre confrère français embringué dans une histoire d'amour avec une charmante fille...

– Qu'est-ce que j'ai à voir là-dedans?

– Vous oubliez, camarade, que c'est vous, par

votre maladresse, qui avez jeté la splendide créature dans les bras de M. de Saint-Sève...

John ajouta :

– Et un pauvre enfant du peuple, guide de son métier, dans les bras de l'Éternel...

Vakouliev grogna :

– Je m'en fous !

– Ce n'était pourtant pas un ploutocrate, lui?

– Il était à leur service, donc il ne valait pas mieux qu'eux !

– Vous êtes bien un stalinien, Vakouliev, bête et sadique !

– Vive Staline !

L'Anglais était si hautement scandalisé qu'il s'oublia jusqu'à répondre :

– Vous savez où je l'ai, moi, votre Petit Père des Peuples?

C'était si énorme dans la bouche d'un Britannique que les deux autres en restèrent muets de surprise.

*
* *

De la place St-François, M. de Saint-Sève, donnant le bras à Aurora, marchait au milieu du clan Caltabellota. Sa « fiancée » ne parlait pas, se contentant de jeter des coups d'œil furtifs sur son compagnon. Ils descendirent la rue du Collet, entrèrent dans la rue Benoît-Bunico qu'ils abandonnèrent presque tout de suite pour grimper la rue de la Loge où débouche la rue St-Joseph. En voyant la maison où logeait la famille sicilienne, Guillaume pensa à l'hôtel des Otterburn. A l'idée de la stupéfaction horrifiée de ces derniers s'il leur était donné d'apercevoir leur futur gendre en pareille compagnie et en pareil lieu, il se mit à rire. Sans deviner les raisons de sa gaieté, ses compagnons rirent aussi et toute la troupe, pénétrant dans la demeure, offrait le spectacle d'une famille heureuse.

On montra avec une certaine fierté au nouveau venu, la pièce où couchaient les parents, celle du pépé et de la mémé, celle où dormaient les trois sœurs, celle enfin où logeaient les garçons. Guillaume remarqua qu'il n'y avait que deux lits. Massimo expliqua :

– Je ne vis pas avec la famille...

La mamma commenta :

– Il se conduit mal... Il est avec une mauvaise fille...

Eduardo prophétisa :

– Il nous a quittés... Ça lui portera malheur mais c'est un impie, il ne veut pas croire son père...

Énervé, Massimo remarqua :

– Écoutez, je viens une fois par mois passer le dimanche avec vous, puisque vous ne voulez pas recevoir mon amie... Si vous m'embêtez avec vos réflexions désagréables, vos reproches, vos menaces, je ne foutrai plus les pieds ici !

Eduardo s'avança vers son fils, le front bas.

– Tu oses élever la voix dans ma maison?

Les femmes s'interposèrent avec force cris, prières, supplications, appels au secours que chacune adressait à son saint particulier. La mémé

Agata ramena le calme en les conviant tous à boire un verre de Marsala en l'honneur de ceux qui, bientôt, seraient officiellement fiancés. Assez curieusement, Saint-Sève ne se sentait pas dépaysé dans l'humble milieu. Il y régnait une simplicité patriarcale qui évoquait, pour lui, les mœurs des paysans ariègeois. Cette famille, faisant bloc autour de son chef, le touchait. Gagné par l'ambiance d'un temps révolu, Guillaume ne pensait plus aux conséquences immédiates de sa passiveté. Toutefois, il demeurait assez de raison en lui pour savoir – sans pouvoir deviner ni quand ni comment – qu'il lui faudrait abandonner ce petit monde sans espoir de retour. Caltabellota proposa à celui qu'il tenait pour son futur gendre :

– Figlio mio, si tu as envie de bavarder un moment avec ta fiancée, elle peut t'emmener dans sa chambre, ma mère vous accompagnera.

La chambre, avec ses trois lits se touchant presque, son armoire, sa commode, ses trois chaises, posait des problèmes de circulation. Aurora et Saint-Sève prirent place sur deux des sièges tandis que la grand-mère occupait le troisième en s'écartant le plus possible des jeunes gens. Aurora, la première, se décida à parler à voix basse :

– Elle est presque sourde, elle ne peut nous entendre...

– Alors, pourquoi est-elle là?

– Pour nous empêcher de nous embrasser au cas où on en aurait envie... ma qué ! vous n'avez pas envie, hé?

– Si...

– Pourtant, vous ne m'aimez pas...?

– Vous m'êtes très sympathique, Aurora, très... Tout me plaît en vous... Que faites-vous dans la vie?

– Vendeuse aux Galeries Lafayette, avenue Jean Médecin... et vous?

– Oh! moi... dans les affaires...

– Vous... Vous ne pensez pas que vous arriverez à m'aimer?

Ému, Guillaume prit les mains de la jeune fille dans les siennes.

– Je ne vous connais pas... et puis, je... Enfin, je ne suis pas libre...

– Ah? Une autre femme?

– Oui, en Angleterre.

– Ç'aurait été trop beau, aussi... Ce soir, vous m'aurez oubliée...

– Je ne crois pas.

– Moi, je ne vous oublierai jamais... Quand vous m'avez prise par la taille dans la rue du Gésu, je me suis figurée que c'était un Prince Charmant qui m'enlevait... Je voudrais vous demander quelque chose...

– Si je puis...

– Ne partez pas tout de suite... Ça leur ferait trop de chagrin...

– C'est promis.

Ils ne savaient plus quoi dire et Aurora avait beaucoup de peine à s'empêcher de pleurer. Proserpina les tira d'embarras en venant leur annoncer qu'on se mettait à table.

*
* *

Ce repas où l'on était serré comme harengs en caque, Saint-Sève était certain de n'en jamais perdre la mémoire. On avait commencé par des anchois marinés, des poivrons, des tomates et des radis. Puis, des tagliatelli à la bolonaise, une longe de porc au romarin. On avait terminé ce festin avec du Gorgonzola et de magnifiques fogliatelli (choux bourrés de crème ou de confiture) œuvre de la mamma et d'Angelina. On avait arrosé le déjeûner de vins siciliens (apportés par un cousin parti pour Paris), du Zucco sec et, au dessert, de la Malvoisie de Lipari qui avait accru la familiarité régnant autour de la table et échauffé les esprits. Caltabellota lança au fiancé :

– Figlio mio, que fais-tu dans la vie?

– Des affaires.

– Tu es riche?

– A mon aise, simplement.

– Nous, on est pauvre, alors faudra que tu nous aides. En Sicile, c'est la famille qui possède tout... Moi, j'aurais besoin d'un vélomoteur pour me rendre à mon travail...

– Moi – dit Amadeo – j'ai besoin d'un costume du dimanche.

– Et moi – ajouta Vittorio – j'aimerais avoir de belles cravates et un portefeuille en cuir.

La mamma souhaitait une nouvelle batterie de cuisine, le grand-père et la grand-mère une couverture en pure laine pour leur lit. Angelina et Proserpina avouèrent leur envie de posséder un poste à transistor et un électrophone.

– Et toi, Aurora – s'enquit Angelina – qu'est-ce que tu voudrais?

– Rien.

La réponse jeta un léger froid. Pour le dissiper, Eduardo s'adressa à son plus jeune garçon :

– Tu es le seul avec ta sœur à n'avoir pas réclamé, Massimo?

– Je suis pas un mendiant!

Ils se regardèrent les uns les autres, sans comprendre. La mamma traduisit la surprise générale :

– Pourquoi tu parles de mendiant, Massimo?

– Parce que vous êtes tous là à essayer d'arracher quelque chose à ce type que vous ne connaissez même pas! Si ce n'est pas de la mendicité, qu'est-ce que c'est?

Amadeo protesta :

– Ma qué! Maintenant qu'il est de la famille...

– Pas encore! Il n'y a pas une demi-journée qu'il a rencontré ma sœur et vous vous jetez sur lui comme la misère sur le monde! Il doit avoir l'impression que vous voulez lui vendre Aurora!

Eduardo fit sauter le bouton du col de sa chemise.

– Massimo... tu es un monstre! un rénégat!... Tu n'es plus de chez nous! Tu n'es plus un Sicilien! Tu nous as tous insultés!

– Oh! je t'en prie, papa! Arrête ta comédie! Au fond, avec ta manie de tout commander, tu veux que je te dise ce que tu es? Un fasciste!

Au bord de l'apoplexie, Eduardo, aux épaules

duquel se cramponnaient sa femme et sa mère, hurla :

– Va t'en, maudit !

Massimo se leva :

– Avec plaisir ! Je vous emmène, Monsieur?

Guillaume se leva à son tour.

– Oui, car il est déjà tard...

Il prit rapidement congé. Aurora l'accompagna jusqu'à la rue.

– Au revoir, Aurora.

– Adieu... J'ai de la peine...

– Il ne faut pas... On se rencontrera à nouveau, sûrement.

– Vous savez que ce n'est pas vrai.

Elle rentra précipitamment pour qu'il ne la vit pas pleurer.

*
* *

A travers la vieille ville que le dimanche rendait déserte, Massimo et Saint-Sève avançaient côte à côte. Le représentant des Caltabellota expliquait :

– Mon père s'entête à nous obliger à vivre de la façon dont on vivait en Sicile, il y a cent ans !

– Il ne tient pas à ce que la famille se disperse... C'est un sentiment respectable, non?

– Mais incompatible avec l'existence d'aujourd'hui... Naturellement, vous n'avez pas l'intention d'épouser Aurora?

– Ce n'est pas possible... Que le hasard m'ait permis de lui sauver la vie n'implique pas que je doive devenir son mari !

– Bien sûr...

– Ce qui m'inquiète c'est ce qu'a dit votre père à propos de l'honneur soi-disant perdu d'Aurora... Il ne va pas lui faire du mal, au moins?

Massimo haussa les épaules.

– Le papa aime parler... mais pour ce qui est de l'action, c'est une autre chanson...

– Est-ce que vous me permettez de vous écrire? J'aimerais être tenu au courant...

– D'accord, j'habite au 231 de la rue Gariglia.

Ayant serré la main de Massimo Caltabellota, Saint-Sève se mit en devoir de regagner le *Prim*, l'esprit tout entier occupé par la haine qu'il vouait, désormais, à Vakouliev. Que le Russe ait essayé de le tuer ne troublait pas Guillaume puisque c'était la règle du jeu, mais la mort de Marrodi, l'invraisemblable aventure chez les Siciliens et surtout le chagrin d'Aurora, il ne pouvait les pardonner. Il fallait qu'il élimine ce Russe assassin ! Après, il arriverait ce qu'il arriverait !

*
* *

En passant devant le bar du *Prim* pour gagner l'ascenseur, Saint-Sève fut hélé par l'Américain et l'Anglais. Ces deux-là aussi commençaient à le fatiguer. Il les rejoignit. Sam demanda :

– Remis de vos émotions?

– Vous êtes au courant?

– Notre boulot, mon vieux !

Swindon remarqua :

– Il a manqué vous avoir notre tovaritch, hein?

– Il n'a assassiné qu'un pauvre type qui respirait la joie de vivre...

– Et il a failli tuer une jolie fille que vous avez sauvée...

– C'est pourquoi je me propose d'abattre Piotr Vakouliev.

– Vous auriez tort.

– Parce que?

– Parce que, lorsqu'on est dans le métier que nous exerçons, on ne doit pas avoir d'amour-propre... Vakouliev s'est conduit comme une brute d'accord, il a fait une victime innocente d'accord, mais en définitive, il a raté son coup puisque vous êtes là, indemne.

– Ça m'est égal !

Sam apporta le poids de son expérience.

– Saint-Sève, un meurtre dans un hôtel est rarement passé sous silence. Personne, aucune influence ne pourra alors vous tirer d'affaire et vous aurez sacrifié votre mission à votre passion.

Pratique, l'Anglais ajouta :

– De toute façon, le Russe n'est pas rentré. Sa clef est à la réception. Je m'en suis assuré.

Saint-Sève précisa :

– Il m'a flanqué dans un pétrin que vous n'imaginez pas !

Guillaume qui n'était pas naturellement méfiant et qui avait autant de dons pour les Services Secrets qu'un éléphant pour jouer dans un orchestre symphonique, leur raconta, dans le menu, son aventure dramatico-sentimentale. Les deux autres se retinrent pour ne pas lui rire au nez. Warmwell convint qu'il le voyait mal parti.

– ... car – expliquait-il – si en plus de nous trois, vous avez une bande de Siciliens aux fesses...

John fit une proposition :

– Vous exécutez une mission qui sera, sans doute, sans lendemain. C'est pourquoi il serait malhonnête de notre part de vous tenir pour un professionnel et d'agir en conséquence... Parce que ce n'est pas votre métier, nul ne peut vous tenir rigueur d'échouer lors de vos essais dans une profession qui n'est pas, qui ne sera jamais la vôtre. Vous êtes sur le point de réaliser un beau mariage, et une magnifique carrière, sans doute, vous attend. Alors, pour quel motif vous moquer de cet avenir qu'on serait en droit de vous envier?

Guillaume, intrigué, répliqua :

– Je vous remercie infiniment de l'intérêt que vous me portez, mais où souhaitez-vous en venir?

– Tout simplement essayer de vous persuader qu'il serait navrant de mourir pour une histoire qui vous est, en somme étrangère.

– Vraiment?

– Ne croyez-vous pas que le plus sage serait que vous nous remettiez le pli dont vous êtes porteur et que vous rentriez à Londres en bon état?

– Sans doute, mais il y a quelque chose qui vous échappe...

– Quoi donc?

– J'ai donné ma parole et j'irai jusqu'au bout même si, ce faisant, je commets une sottise.

Suivant des yeux Monsieur de Saint-Sève qui s'éloignait, Swindon soupira :

– Dommage...

Warmwell ricana :

– Vous changez John... Vous vous attendrissez un peu trop souvent ces temps-ci... Je conviens que ce garçon est sympathique.

L'Anglais ricana :

– Alors, je vous ai eu, Sam, vous aussi?

Warmwell soupira :

– Je ne m'adapterai jamais à votre hypocrisie puritaine. Vous avez de l'argent sur vous, John?

– Curieuse question ! Évidemment que j'ai de l'argent !

– Beaucoup?

– Une dizaine de mille francs. Et alors?

– J'ai moi-même six mille francs. On va proposer une partie de poker au Français... Nous tricherons, naturellement, et si le sort veut nous aider, nous pouvons l'endetter à notre égard de trente ou quarante mille francs, somme qu'il ne pourra pas nous payer. Et c'est là que son sens de l'honneur interviendra. Il devra choisir entre être déshonoré publiquement par nos soins ainsi que tout joueur ne pouvant régler ses dettes ou être déshonoré discrètement en nous remettant l'enveloppe que nous désirons...

– Pas bête votre idée, Sam... mais pas très franche non plus, hein?

L'Américain eut un bon rire.

– Que voulez-vous, mon vieux, nous devons nous

faire une raison, nous ne sommes pas des gentlemen... Il faut que cela nous serve quelquefois...

*
* *

Les deux Anglo-Saxons avaient oublié d'envisager une hypothèse qui leur semblait trop incroyable pour être prise au sérieux : à savoir que M. de Saint-Sève était un redoutable joueur de poker et que, le cas échéant, il pouvait en remontrer à n'importe quel tricheur. Il ne fallut qu'un peu plus de trois heures au Français pour faire passer les 6 000 Frs de Sam et les 10 000 Frs de Swindon dans sa poche. En pensant à la réaction de leurs chefs respectifs lorsqu'ils leur demanderaient télégraphiquement de nouveaux subsides, Warmwell et Swindon prirent congé de M. de Saint-Sève. Dans l'ascenseur, l'Anglais confia à l'Américain :

– Vous... avec vos idées formidables...

– Excusez-moi, John... Je ne pouvais prévoir...

– C'est pourtant l'essentiel de notre métier, prévoir.

– Vous voulez mon avis, John? Ce Frenchie est décidément beaucoup plus malin que nous ne nous figurions.

– J'ai un regret, Sam. Souhaitez-vous le connaître?

– Je vous en prie.

– Je me dis que si, au cours de l'hiver 1620, le Mayflower avait coulé dans l'Atlantique, vous ne seriez pas là... et j'aurais encore mes dix mille francs.

CHAPITRE IV

EN QUEL TEMPS VIVONS-NOUS, SEIGNEUR!

1

Sans que Saint-Sève s'en doutât si peu que ce fût, John Swindon était en train d'accumuler contre lui une aversion de l'ampleur de celle nourrie par Vakouliev à son égard. A cause de Guillaume, Dorothy n'aurait pas le beau cadeau que son fiancé s'était promis de lui rapporter de Nice. John, au-delà de l'ennui de la perte d'argent douloureusement ressentie, éprouvait un sentiment d'humiliation. A présent, il comprenait la rancune de Piotr qu'il blâmait encore quelques heures plus tôt. Mais lui, John Swindon, un des meilleurs agents secrets de Sa Majesté ne se conduirait pas d'une façon si fruste, d'une manière aussi bornée que le Russe. Il avait désormais un double but à poursuivre : se procurer le pli que l'autre détenait et récupérer son argent, peut-être celui de Warmwell à qui il le rendrait... s'il y pensait.

Le visage de Dorothy – telle une déesse de la vengeance – hantait l'esprit de Swindon. Il se montait l'imagination au point d'en arriver à se persuader que son argent était celui de sa chère Mrs. Bromby et que le Français s'en était emparé de façon frauduleuse. C'était parce qu'il songeait amoureusement à sa fiancée que John se rappela l'histoire racontée par Saint-Sève où il était question de l'amour d'une Sicilienne assez curieusement nommée Aurora Caltabellota... Il est vrai qu'il n'y avait qu'en Grande-Bretagne que les gens portaient des noms respectables. Il se souvenait que cette fille habitait rue Saint-Joseph. Swindon sentit que c'était là qu'il lui fallait attaquer. Il ne savait pas encore de quelle manière il porterait ses coups, mais il était certain qu'il avait bien choisi son terrain. Durant une partie de la nuit, l'Anglais mijota un plan qui le dégoûtait, mais auquel il n'avait plus le courage de renoncer.

Après un sommeil des plus courts, Swindon se leva et une fois prêt, se hâta vers la vieille ville. Rue Saint-Joseph, il se dissimula, guettant la porte des Caltabellota. Les premiers à quitter la maison, furent les deux frères. Une fille se montra ensuite que John trouva trop loin de la description faite par le Français. A la deuxième qui apparut il crut être tombé sur celle qu'il cherchait. Il s'apprêtait à la rejoindre, lorsqu'une voisine cria :

– Ma qué ! Angelina, tu es encore plus jolie que d'habitude, aujourd'hui !

– Merci, dona Lucia...

Swindon battit en retraite et ce faisant, manqua se heurter à Aurora.

– Mademoiselle Aurora Caltabellota?

La belle fille fixa l'Anglais.

– Vous, je ne vous connais pas !
– D'accord, mais si vous le voulez, nous allons remédier à cet ennui.
Se méprenant sur le sens des paroles de son interlocuteur, la jeune Caltabellota s'emporta :
– Espèce de dégoûtant ! Vous n'avez pas honte?
– Mais, Mademoiselle, je...
– Non, mais dites, pour qui me prenez-vous?
– Je vous assure que...
– Presque sous les yeux de mes parents !
Dona Lucia, de sa fenêtre, hurla :
– T'as besoin d'un coup de main, Aurora?
Déjà, d'autres se montraient sur le seuil de leur maison. On était parti pour l'esclandre où John se couvrirait de ridicule. Ce n'était pas particulièrement indiqué.
– Mademoiselle, vous vous trompez sur mes intentions ! J'ai un message pour vous, un message simplement.
Intriguée, Aurora se calma :
– Un message? De qui?
– De Guillaume de Saint-Sève.
– Oh !... Pardon... Accompagnez-moi, s'il vous plaît.
En voyant la fille d'Eduardo s'éloigner tranquillement en compagnie de l'étranger, la rue s'apaisa.
– Je pensais qu'il m'avait oubliée... Vous savez, c'est mon père qui a monté tout ce cirque, hier... Moi, je l'avais embrassé pour le remercier de m'avoir sauvé la vie... Je n'ignore pas que nous ne sommes pas faits l'un pour l'autre. Pourtant, même quand c'est impossible d'y croire, il est agréable de

rêver un peu... Qu'êtes-vous donc venu me dire?

– Voilà, il repart demain pour Paris. Il souhaiterait vous revoir avant de quitter Nice...

– Pourquoi? J'aurais de la peine pour rien...

– Il m'a confié que vous lui étiez plus que sympathique...

– Nous ne sommes pas destinés à vivre ensemble, hé? Dans ce cas, je ne comprends pas l'utilité de cette rencontre... sans lendemain.

– Tout ce que je puis vous assurer c'est qu'il sera malheureux s'il ne peut vous parler.

– Non... j'aurais trop mal... après.

– Mademoiselle... mon ami vous a sauvé la vie... alors, ce n'est pas grand-chose ce qu'il vous réclame en échange du service rendu.

Vaincue (et aussi parce qu'elle avait follement envie de céder) Aurora capitula :

– Vous me mettez, Monsieur, dans l'impossibilité de refuser.

– Alors, ce soir, à 19 heures 30 dans le Parc du Château, à gauche en sortant de l'ascenseur, près du mur qui donne sur la mer et le quai des États-Unis.

– Entendu.

– Merci... Il sera très heureux...

John prit congé et fila rapidement. Il n'était pas très fier mais qui veut la fin veut les moyens.

Piotr Vakouliev le regardait s'éloigner en se demandant ce qu'il avait pu raconter à cette fille qu'il reconnaissait. Comme Swindon, mais pour d'autres raisons (il craignait que le Français n'ait trouvé des alliés dans les Siciliens et qu'il leur ait confié la précieuse enveloppe) il s'était rendu de bonne heure rue Saint-Joseph. Il n'était arrivé que pour voir l'Anglais partir avec Aurora. Il les avait suivis.

Vakouliev attrapa John au moment où ce dernier, abandonnant la vieille ville, s'apprêtait à gagner le quai.

– Vous avez d'agréables rendez-vous, camarade.

Rogue, l'Anglais remarqua :

– Ça vous plaît de fourrer votre nez dans les affaires des autres?

– N'oubliez pas que c'est grâce à moi que le Français est entré en relation avec la Sicilienne... Il vous a envoyé à elle.

– Possible.

– Il lui a remis le pli, n'est-ce pas?

L'Anglais s'en voulut de n'avoir pas envisagé cette éventualité mais à la réflexion, il songea que ce n'était pas possible puisque, de son propre aveu, Saint-Sève ne comptait pas revoir les Siciliens.

– Vous avez peut-être raison, Piotr.

– Si on allait faire un tour, rue Saint-Joseph? A cette heure-ci, les vieux doivent être seuls... Je suis sûr qu'en leur cognant un peu dessus, ils nous apprendront si l'enveloppe que nous cherchons est chez eux ou pas.

– Taper sur des vieux?

– Quelle importance!

Ce Russe lui flanquait mal au ventre... Sans doute, lui, John, ne valait-il guère mieux que ce tueur, mais il refusait de l'admettre, sinon, il ne pourrait plus continuer.

– Je ne me ferai jamais à vos habitudes, Piotr.

Vakouliev haussa les épaules.

– On n'exerce pas le métier que nous exerçons, quand on souffre d'une sentimentalité petite-bourgeoise !

– Vous m'intriguez, mon vieux... Vous n'avez jamais aimé ?

– Oh ! si... Le Parti.

– Ce n'est pas exactement ce que je voulais savoir... Ainsi, vous êtes seul au monde ?

– J'ai une sœur, Vera.

– Elle est comme vous ?

– Nous nous ressemblons en tout et pour tout. Vera est une fille extraordinaire.

– Pas mariée ?

– Si... avec le Parti ! Alors, on va chez les Siciliens ?

Ils firent demi-tour et rentrèrent dans la vieille ville. Soudain, l'Anglais s'arrêta, regardant dans un boyau sombre ouvrant sur la rue. Vakouliev, qui l'avait dépassé, revint sur ses pas.

– Qu'est-ce qu'il y a ?

– J'ai cru voir le Français... Il allait sortir et s'est retiré précipitamment.

– Que pourrait-il fabriquer par ici ?

– Le mieux est d'essayer de s'en rendre compte.

Prenant discrètement son pistolet et le gardant à la main, l'Anglais s'engagea dans l'obscurité où régnait une odeur de moisi, suivi de Piotr. Ils n'avaient avancé que de quatre ou cinq pas, lorsque Swindon exécuta une volte-face rapide et cogna de toutes ses forces, avec la crosse de son arme, sur le crâne du Russe qui s'effondra sans un cri. John se pencha sur lui :

– J'espère que vous en crèverez, mon garçon.

Avant d'abandonner Vakouliev, Swindon lui prit son pistolet.

*
* *

Piotr mit un certain temps à reprendre conscience. Il ne parvenait pas à se situer, pas plus dans le temps que dans l'espace, son crâne lui faisait mal. Il y porta la main et la retira tachée de sang. Du coup, la mémoire lui revint. Salaud d'Anglais ! En un instant, John Swindon rejoignit Guillaume de Saint-Sève dans la haine qu'entretenait Vakouliev pour ses adversaires. Il se remit péniblement debout. En proie à un vertige qui l'écœurait, le Russe dut s'appuyer au mur. Une voix demanda :

– Ça va pas ?

– Je... je suis tombé.

Une grosse femme émergea de l'ombre.

– Vous vouliez voir quelqu'un ?

– Non... Fatigué... J'ai cherché un abri... J'ai dû m'évanouir et tomber... Ma tête a sans doute tapé contre les marches.

Il montra son mouchoir taché de sang.

– Oh !... bou Diou ! Mon pauvre homme, venez que je vous la regarde votre blessure.

Elle prit le Russe par la main et le remorqua jusqu'au fond du couloir; ouvrant une porte, elle le poussa dans une cuisine qui prenait jour sur une cour pleine de plantes vertes qu'elle désigna avec fierté.

– Mon jardin...

Vakouliev assis, elle nettoya la plaie.

– Parce que je suis été veuve de bonne heure... Mon mari il avait pas de santé, la preuve c'est qu'il est mort... Un brave garçon, pourtant... Vous avez pas le crâne fendu, c'est déjà quelque chose... Alors, quand Alfonse – mon défunt – il a été parti... c'est juste la peau... faut que je vous coupe les cheveux autour... J'ai dû gagner ma vie, pas vrai? Je vais y mettre de l'arnica... Une amie que je connaissais d'avant mon mariage m'a appris qu'on cherchait des femmes de charge à l'hôpital... Je sais que ça cuit mais tâchez de pas bouger... J'y suis allée, on m'a engagée et j'y ai travaillé jusqu'à ma retraite... C'est là qu'entre deux coups de torchon, j'ai appris à soigner les petites plaies... Dans le quartier, on m'appelle toujours pour les coupures, les brûlures pas assez graves pour déranger le médecin... Un bout de sparadrap, un petit verre de génépi et vous serez dru comme avant.

Vakouliev éprouvait de la sympathie pour cette femme du peuple vivant dans cette pauvre retraite après tant d'années passées au service du capitalisme sans âme. Quand il fut pansé, lorsqu'il eut avalé son verre d'alcool, il dit :

– Je voudrais vous payer vos soins...

– Pensez-vous ! Je l'ai fait de bon cœur... un point c'est tout.

Brave créature ! Piotr posa un billet de cent francs sur la table.

– Pour vous acheter quelque chose en souvenir de notre rencontre. Vous êtes une personne bien.

Elle se rengorgea.

– Vous, vous avez le coup d'œil ! Mon grand-père, c'était quelqu'un de considéré à Villars-sur-Var... Seulement, il a fait de mauvais placements et toute la famille a été flanquée par terre...

– Je suis sûr qu'en politique, vous avez aussi de bonnes et saines idées.

– Oh ! moi, la politique...

– N'empêche que vous refusez cet esclavage !

– Je ne comprends pas?

– Vous êtes malheureuse !

– Moi?

– Oui ! vous ! Et vous avez raison de mettre votre confiance dans les camarades communistes qui vous sortiront du ghetto où les capitalistes vous obligent à vivre !

Elle le regarda, apitoyée.

– Dites, c'est peut-être plus grave que je pensais... Vous devriez aller voir un médecin... J'ai l'impression que vous avez de la fièvre !

– De la fièvre?

– Pardi ! Vous débitez un tas de sottises depuis un moment...

Piotr n'osa pas reprendre son billet de 100 Francs, mais en retournant à l'hôtel, il s'en voulait d'avoir donné de l'argent à une ennemie du prolétariat, une trahison, en quelque sorte.

*
* *

John avait raconté à Sam de quelle façon il s'était débarrassé du Russe et avouait :

– Je crains d'avoir cogné un peu fort.
– Sûrement pas !
– Qu'en savez-vous?
– Voyez qui nous arrive !

L'Anglais se retourna et aperçut Vakouliev qui, le découvrant à son tour, s'approcha. Il était blême.

– John Swindon, vous êtes le dernier des lâches !

Flegmatique, l'Américain se mêla à l'affaire.

– Voilà une insulte bien gratuite et fausse de surcroît.

– Fausse ! Et comment qualifiez-vous un type en attirant un autre – qui a confiance en lui – dans un guet-apens pour l'assommer?

– Je vous répondrai quand vous m'aurez appris de quelle manière qualifier celui qui tue en pleine rue un garçon qu'il ne connaît même pas?

– Je vois ce que c'est ! Toujours d'accord, les deux, hein? C'est normal d'ailleurs ! Les représentants de régimes pourris ! Rendez-moi mon pistolet, Swindon.

– Je l'ai jeté dans une bouche d'égoût.

– Je vous tuerai, sale Anglais ! Vous entendez? Je vous tuerai ! Et vous aussi, le cow-boy des impérialistes !

Warmwell se contenta de répondre :

– Vous devriez monter vous reposer, Vakouliev...

Le Russe parti, Sam remarqua :

– Méfiez-vous, John, il vous en veut...
– Seriez-vous inquiet pour mon avenir?
– Non, mais si quelqu'un doit l'abréger, je préfère que ce soit moi.
– Trop aimable.

– Tout naturel. Je n'oublie pas que j'ai une dette envers vous, John.

– Et la lettre? Vous ne semblez pas vous bouger beaucoup pour l'obtenir?

– Mon cher, vous bougez énormément, Vakouliev et vous, ça compense...

– Cette philosophie ne suffira pas à vous la procurer.

– Savoir? Je pense que le petit Français sera rapidement mis hors de course par l'un de nous... et d'autre part, de Piotr et de vous, John, l'un ne va pas tarder à disparaître... Il ne me restera donc plus qu'à m'occuper du dernier possesseur du trophée... Je n'ai qu'à attendre.

– Vous m'amusez, Sam.

– C'est ce que je souhaite avant l'empoignade finale.

Ils burent, reposèrent leur verre et l'Anglais demanda :

– Vous ne trouvez pas étrange que le Français ne soit pas reparti pour Londres, maintenant qu'il a l'enveloppe?

– Deux explications : ou il n'a pas la vraie enveloppe, mais souhaite nous faire croire qu'il l'a et, dans ce cas, il guette la venue de celui qui la lui apportera, ou il l'a et quelqu'un doit la lui réclamer, quelqu'un qui ne s'est pas encore montré.

– Souhaitons que vous ayez raison, Sam.

– Mais j'ai raison, John. Je vous défends d'en douter.

*
* *

Après le déjeuner, le silence de la sieste s'abattit sur le *Prim*. Dans sa chambre, étendu sur son lit, les bras derrière la tête, une cigarette aux lèvres, Guillaume de Saint-Sève se demandait, pour la millième fois, s'il n'était pas fou de vouloir vivre à Londres ou dans n'importe quelle autre capitale du monde alors qu'il avait la France à sa disposition. De là, ainsi que du haut d'un tremplin, il replongea dans ses souvenirs d'enfance, sa panacée dans les moments de dépression et il s'endormit en rêvant qu'il était encore un garçonnet jouant sous les « couverts » de Mirepoix.

Swindon, rompant avec ses habitudes de méfiance, envoya une carte postale (sous enveloppe) à Dorothy où il lui dit qu'il l'aimait plus qu'avant son départ et qu'il se proposait de l'emmener en voyage de noces, sur cette magnifique Côte d'Azur.

Piotr essayait de remettre de l'ordre dans ses idées. Ah ! si seulement Vera était là pour l'aider à se reprendre. Elle l'eût convaincu d'établir une hiérarchie dans ses aversions. Elle aurait dit qu'il avait d'abord une mission à remplir et qu'il s'occuperait de ses rancunes particulières ensuite. Comme toujours, la pensée de sa sœur apaisa Vakouliev et lui rendit la notion de ses responsabilités. Il s'emparerait de l'enveloppe que Fedor Petrovitch l'avait envoyé chercher, puis il abattait le Français à cause de Ilia, l'Anglais pour sa trahison, l'Américain parce qu'il était américain. Il s'en remettait au hasard de déterminer l'ordre dans lequel, il éliminerait ses adversaires.

Sam, perplexe, s'avouait que son métier ne l'intéressait plus. Une sorte de lassitude morale. Depuis qu'il aimait Gladys, tuer le répugnait. Il n'éprouvait plus la rancune nécessaire envers ses rivaux et dont il avait sans cesse besoin pour mener à bien ses tâches. Maintenant, parce qu'il avait perdu la foi dans sa mission, il se savait désarmé par rapport aux autres et, du coup, plus en danger de mort. Il méprisait le tueur d'intelligence courte qu'était Vakouliev et ne ressentait guère de sympathie envers Swindon, ce bureaucrate qui ne se plaisait que dans le meurtre et dont la haine obsessionnelle pour les Français trahissait un traumatisme psychique. Pour Sam, il était certain que Piotr et John allaient chercher à s'entretuer. Il devrait surveiller leurs agissements de près. Il ne tenait pas à ce qu'ils abattent M. de Saint-Sève. Il n'aurait pu expliquer exactement les motifs le poussant à penser de la sorte. Peut-être son amour pour Gladys l'inclinait-il à une longanimité inattendue?

*
* *

Vers 16 heures, Swindon quitta l'hôtel. Il faisait beau et c'était un plaisir de marcher sur la Promenade, dans le soleil, sur le rythme du flux et du reflux de la mer. John, peu à peu, sortait de sa peau. Une espèce de mue morale. En somme, l'Anglais et l'Américain suivaient intellectuellement, sans s'en douter, des chemins parallèles et pour des raisons identiques. Le hasard voulut que Vakouliev soit sur son balcon alors que Swindon s'en allait. Il y vit un signe du destin et se précipita. Dehors, il craignit d'avoir perdu la trace de son ennemi, mais un bonheur nouveau ralentissait le pas de John et Piotr n'eut pas grand-peine à retrouver sa proie qu'il se mit à suivre de loin.

A la vérité, l'Anglais ignorait où il se rendait. Il se laissait porter par sa fantaisie de l'instant. Son impatience de retourner à Londres lui brouillait un peu le jugement. Sans doute, voulait-il s'emparer du pli que portait le Français, mais il ne voyait pas encore de quelle façon. Il sentait que la jeune fille sicilienne pouvait inconsciemment l'aider, toutefois il ne parvenait pas à établir un plan. En envoyant Aurora au Château, sur le tard, il ne pensait qu'à attirer Saint-Sève... et puis après? Swindon était trop occupé par ses propres soucis pour s'intéresser à ce qu'il se passait autour de lui et c'est la raison pour laquelle Vakouliev n'éprouvait aucun mal à s'attacher au pas de son confrère.

Le problème était, maintenant, d'amener Guillaume au Château sans qu'il flairât le piège. Pour réfléchir à la question, John entra dans un bar où il but un whisky supposé devoir lui éclaircir les idées. Le barman – en l'occurrence une barmaid – semblait intrigué par l'attitude de son client. Elle lui sourit.

– Des ennuis?

– Des soucis...

– On peut vous aider?

– C'est gentil de votre part, Miss... mais...

Il s'arrêta net, regarda la femme et sourit :

– Je crois en effet, que vous pourriez me donner un coup de main.

– Dites toujours ?

– Un copain... Je voudrais lui jouer un tour... Il se prend pour un irrésistible don Juan et il nous casse les pieds avec les récits de ses victoires trop faciles...

– Il y en a beaucoup, comme ça...

– Mais ils ne sont pas mes amis...

– Qu'est-ce que vous voulez, au juste ?

– On va lui proposer un rendez-vous... dans un endroit impossible... de la part d'une fille à laquelle il a fait des avances et qui l'a envoyé promener...

– Dans ce cas...

– Pas du tout ! Il est tellement sûr de lui qu'il croira que son charme a agi à retardement... D'accord ?

– J'ai quelques scrupules...

– Puis-je les balayer avec un billet de cent francs ?

– Donnez-moi le numéro de votre tombeur.

Pendant ce temps, Vakouliev, aux aguets, se demandait ce que l'Anglais pouvait bien raconter à la barmaid et pourquoi, ensemble ils téléphonaient.

*
* *

Saint-Sève sommeillait. Sa seule préoccupation était le lent écoulement des heures. Le temps lui durait de remettre la damnée enveloppe au nommé

Ernecourt et d'oublier, au plus vite, cette histoire sordide au cours de laquelle il avait tué un homme.

La sonnerie du téléphone l'arracha à ses pensées moroses.

– Oui?

– Monsieur de Saint-Sève?

– Lui-même.

– Je voudrais bien vous revoir.

– C'est très aimable à vous. Mais à qui ai-je l'honneur?

– On m'a suggéré de glisser une enveloppe dans votre vêtement.

– Je vois! Vous êtes donc...

– ... celle qui tient le vestiaire d'où vous savez.

– Ah! oui... et alors?

– Il faut qu'on se rencontre.

– Pourquoi?

– Vous ne devinez pas?

– Je crois que si.

– Alors?

– Bon, où et à quelle heure?

– Soyez au Château, à gauche de la sortie de l'ascenseur et allez jusqu'au mur qui surplombe la rue des Ponchettes, le quai des États-Unis avec la mer en toile de fond. A 19 h 30, j'y serai.

– J'y serai aussi, Mademoiselle.

Avec une voix aux inflexions tendres, la correspondante de Saint-Sève conclut:

– Ça me fera plaisir... très plaisir...

Elle raccrocha très vite afin que le Français n'entende point le fou-rire qui la secouait. Quant à Guillaume, loin de penser à l'éventualité d'un piège, il envisageait avec joie cette rencontre qui, pour lui, ne pouvait être que libératrice. Pour un peu, il eût appelé la réception et annoncé son départ. Afin de se calmer, il commença sa valise.

*
* *

De son poste d'observation, Vakouliev avait vu l'Anglais et la barmaid revenir en riant du téléphone et trinquer avant que Swindon ne quitte l'établissement. Piotr le laissa s'éloigner avant d'entrer à son tour.

– Bonsoir...

– Bonsoir, Monsieur...

S'approchant du bar, le Russe dit :

– Décidément, ce doit être un jour heureux puisque je viens de regarder sortir un Monsieur qui semblait fort content de vivre et que je trouve, dans la minute qui suit, une jolie femme qui respire la joie !

La barmaid, encore sous le coup du bon tour joué au conquérant si sûr de lui et qu'elle ne connaissait pas, avait trop envie de rire pour ne point mettre le nouveau venu au courant. Elle raconta donc l'histoire à Vakouliev qui se glissa habilement dans le jeu en témoignant d'une gaieté à peine exagérée, ce qui enchanta la conteuse.

– J'espère, Mademoiselle, que vous avez donné rendez-vous à ce prétentieux individu, au diable?

– Pas tellement, il aurait pu se méfier. Au Château ! Vous savez, sur l'espèce de terrasse face à la mer, au-dessus de la rue des Ponchettes.

– Je l'aperçois d'ici, attendant longtemps une fille qui ne viendra pas !

L'interlocutrice du Russe confessa avec regret :

– Pas si longtemps que ça, malheureusement car le rendez-vous a été fixé à 19 heures 30 et on ferme le jardin à 20 heures !

*
* *

Swindon ne parvenait pas à définir exactement ce qu'il ressentait : une sorte d'écœurement mêlé à une grande lassitude. Il devinait que cette fatigue, ce dégoût, ce manque d'enthousiasme pour un métier pratiqué jusqu'alors avec entrain, tenaient plus à des causes morales que physiques. Il s'apercevait, avec gêne, qu'il en était arrivé à ne même plus haïr les Français, signe chez lui, d'un bouleversement profond. On avait tout appris à l'agent britannique, sauf à se psychanalyser. Il ne pouvait donc comprendre que ce sens de l'humain l'affaiblissant subitement, que cette espèce de sympathie envers les hommes et les femmes rencontrés lui amollissant la volonté, n'étaient que les conséquences de sa tendresse pour Dorothy.

John était en proie à ce qu'il n'avait jamais connu : l'incertitude et déjà, toujours à cause de Dorothy, il commençait à éprouver un léger malaise qui lui semblait s'aggraver au fur et à mesure qu'il approchait de la rue St Joseph. Il ignorait que cela s'appelait le remords. Dans l'espoir de récupérer le pli qu'il avait mission de rapporter, il savait qu'il abattrait Saint-Sève sans hésitation parce que la règle le voulait. Mais avait-il le droit de tabler sur les sentiments de la jeune Italienne? Dans son esprit, peu enclin jusqu'ici à se poser des questions d'ordre moral, Dorothy se substituait à la fille qu'il dupait. Il imaginait ce qu'aurait été le désespoir de Dorothy si on lui avait joué un aussi méchant tour.

L'horloge de Sainte-Réparate annonça la demie de six heures. Devant la porte des Caltabellota, John se demandait s'il battrait ou non en retraite, mais à ce moment-là, Saint-Georges abandonnant son dragon, rassembla tous les anges d'origine britannique et leur fit entonner un « God save the King » que des voies immatérielles transportèrent jusque dans la mémoire de l'agent Swindon qui, d'un seul coup, se redressa. Pour la Couronne, John ! et il frappa d'un doigt résolu.

Proserpina vint ouvrir et tout de suite, remarqua la croix que Swindon portait au revers de sa veste.

– Bonjour, Padre...

– Bonjour, mon enfant... Pourrais-je parler à Monsieur votre père?

– De la part de qui?

– D'un simple prêtre catholique, mais anglais.

– Entrez, je vais prévenir le papa...

Faute de savoir où le mettre, Proserpina introduisit l'Anglais dans la chambre de ses parents où Eduardo, un peu surpris rejoignit cet hôte inattendu.

– Qu'est-ce que je peux faire pour votre service, padre?

– Pour le mien, rien. Beaucoup pour celui de Dieu.

– Ah?... Je suis un assez pauvre homme...

– Mon fils, il ne s'agit pas de vous, mais de votre fille Aurora si, toutefois, vous avez une enfant de ce nom?

– Aurora! Lui est-il arrivé malheur?

– Non, pas encore.

– Pas encore?

Alors, l'abominable fils d'Albion raconta qu'étant descendu à l'hôtel *Prim*, il avait surpris une conversation scandaleuse où il était question d'une Aurora Caltabellota. Eduardo se dressa d'un jet, le rouge aux joues.

– Sang du Christ! Oh!... pardon, padre...

John effaça le juron d'un geste bénisseur et déclara qu'un garçon – dont il avait appris à la réception qu'il s'agissait d'un Français, Guillaume de Saint-Sève – s'étant vanté d'enlever, le soir même, une jeune fille qu'il disait s'appeler Aurora Caltabellota à laquelle il avait adressé un complice pour l'abuser et lui donner rendez-vous...

– Je tuerai cet ignoble individu et j'expédierai Aurora dans un couvent! Maria Pia!

La mamma se glissa dans la pièce.

– Où est Aurora?

– Mais tu le sais bien... Elle a été retenue au magasin.

– Vous voyez, Padre? Pour satisfaire ses besoins pervers et rejoindre ce suborneur dégénéré, elle a menti à son père, à sa mère, à ses frères!

Maria-Pia demanda timidement :

– Ma qué! De quoi parles-tu, Eduardo? Est-ce que notre Aurora serait...

– Tais-toi ! Ne prononce jamais plus le nom de cette créature !

– Tu oses traiter ta fille de...

– Ta fille, Maria-Pia !

La mamma se rebiffa.

– Ma qué ! C'est aussi la tienne, hé ?

– Je commence à ne plus en être sûr !

– Oh !

Étouffée par les larmes, la signora Caltabellota se précipita hors de la chambre et de loin, on l'entendit bramer à la manière d'une biche aux approches de l'halali.

Swindon expliqua qu'il avait cru de son devoir de prêtre de se mêler d'une histoire ne le regardant que du point de vue d'une âme à sauver et que le Français étant allé – pour convaincre ses compagnons incrédules – jusqu'à donner l'adresse de sa future victime, il s'était permis de venir avertir le père de famille. Eduardo lui baisa les mains pour lui marquer sa reconnaissance et gémit :

– Ohimé ! comment empêcher ce crime, padre ? Si seulement on savait où il lui a donné rendez-vous, ce misérable !...

– Sur la terrasse du jardin du Château, celle qui domine le quai des États-Unis et la rue des Ponchettes, à 19 h 30...

*
* *

En quittant Eduardo, Swindon s'était précipité au lieu du rendez-vous et y avait déniché un endroit d'où il pourrait tout voir sans être vu. Ce en quoi il se trompait car Vakouliev l'avait précédé sur le terrain. Le plan de John se basait sur le sens de l'honneur des Siciliens qui devaient abattre le Français.

A ce moment-là, il feindrait de se précipiter au secours de la victime et la dépouillerait.

A 19 heures 15, l'Anglais repéra Saint-Sève qui arrivait, mais mâchonna quelques jurons bien sentis en constatant que Sam filait Guillaume et se dissimulait derrière un bosquet.

Parvenu sur la terrasse qui lui avait été indiquée par téléphone, le Français s'accouda au mur de pierre surplombant le vide. Un panorama magnifique dont il eût aimé apprécier la beauté en des circonstances différentes. De temps à autre, il se retournait pour deviner, dans les promeneuses, de plus en plus rares, sa messagère. Naturellement, parce qu'au bout d'un instant son attention se relâchait, il se laissa surprendre. Derrière lui, on dit d'une voix tendre :

– Voilà... je suis venue...

Saint-Sève fit volte-face et demeura les yeux écarquillés devant Aurora. Alarmée par le silence de Guillaume, la jeune femme demanda :

– Vous semblez étonné de me rencontrer... ?

– Dame ! C'est que...

– Pourtant votre ami m'a spécifié que vous seriez là à 19 heures 30 et...

– Quel ami ?

Avant qu'ils ne pussent, l'un et l'autre, aller plus avant dans leurs explications, Eduardo, Amadeo et Vittorio, dévalant du sommet de la colline, fonçaient sur eux dans un flot d'injures et de menaces. Vakouliev crut venu le moment d'agir. Jaillissant hors de sa cachette, il lança son couteau sur Saint-Sève, alors que les Caltabellota lui arrivaient dessus. Rendant spontanément au Français la monnaie de sa pièce, Aurora se jeta sur lui pour le défendre contre les mâles de sa famille et la lame du Russe se planta dans son omoplate droite. Elle poussa un cri de douleur. Tandis que Guillaume, ahuri, soutenait la jeune fille avec l'aide d'Eduardo, les deux autres Caltabellota couraient après le Russe qui galopait. Piotr se serait, sans doute, échappé s'il n'avait pas dû passer devant Warmwell qui, d'un croc en jambe, le fit rouler au sol. Les Siciliens lui furent dessus avant qu'il n'ait eu le temps de se relever.

Aurora n'avait pas reçu une blessure très grave. Occupé à arrêter l'hémorragie, Eduardo ne releva la tête que pour confier à Saint-Sève :

– Si elle meurt, je vous tue.

Puis, pressant sa fille dans ses bras, il l'emporta vers l'ascenseur. Pendant ce temps, Vakouliev, roué de coups, réussissait à s'arracher à ses agresseurs et se précipitait vers Guillaume car, dans son esprit en déroute, ne subsistait plus que sa haine quasiment démente envers ce Français s'évadant de tous les pièges. Mais alors que le Russe allait l'atteindre, Saint-Sève, bouleversé par ce qui était arrivé à Aurora, s'effaça légèrement et frappa avec force Piotr au menton. Vakouliev tituba, s'affala sur le parapet et sous les yeux incrédules de Guillaume, des Siciliens et de ses adversaires anglo-saxons, disparut. On entendit le choc du corps sur l'asphalte de la rue. Vera ne reverrait plus son petit frère.

2

Ils se regardaient sans un mot, Guillaume parce qu'il ne lui incombait pas de rompre le silence le premier, le commissaire Belvès parce qu'il était occupé à tenter de déceler une trace d'appréhension sur le visage de son client, l'inspecteur Bretenoux parce que – quel que fut son avis – il ne pouvait se permettre de prendre la moindre initiative en présence de son chef. Enfin, Belvès se décida :

– Ainsi, Monsieur de Saint-Sève, nous voici de nouveau en présence.

– Croyez-moi : ce n'est point de ma faute.

– J'aurai beaucoup de mal à vous suivre sur cette voie. Dites-moi, Monsieur de Saint-Sève... il y a longtemps que vous êtes atteint de cette obsession ?

– Quelle obsession ?

– Celle d'étudier la chute des corps dans le vide ?

– Je ne comprends pas.

– Allons, allons, soyez beau joueur, Monsieur de Saint-Sève... Avouez ces deux meurtres... peut-être pourrait-on les expliquer par quelque faille psychique...

– Vous êtes trop bon !

– Puisque vous refusez de coopérer... A vous, Bretenoux.

Le commissaire sortit de la pièce, laissant l'inspecteur et le suspect en tête à tête. Bretenoux fonça :

– Monsieur de Saint-Sève, il serait préférable que vous ne jouiez pas au petit soldat avec moi !

– Soyez persuadé que je n'ai nullement envie de jouer avec vous à quoi que ce soit.

– Attention ! Je dis attention ! Ne soyez pas assez fou pour me mettre en colère... Vous ne vous doutez pas de ce qui se passe alors ! C'est simple : je me fais peur !

Il y eut un court silence et le policier reprit :

– Vous n'êtes pourtant pas venu chez nous uniquement pour flanquer des gens par la fenêtre ou par-dessus le mur de protection de la terrasse du Château ?

– Évidemment pas !

– Dans ce cas, pourquoi êtes-vous à Nice ?

– Pour me reposer.

– Pauvre de moi ! collègue, vous avez de curieuses manières de vous reposer ! Vous foutez pas de moi, s'il vous plaît ! Je ne suis pas né d'hier ! Seulement, moi, je suis sain ! Je n'ai pas eu d'enfance malheureuse ! Je n'ai pas été traumatisé !

– Moi non plus !

– Que vous dites ! Mais c'est un gros mensonge, vous entendez ? Un gros mensonge ! Et vous me faites de la peine !

– J'en suis navré...

– Encore un mensonge ! Vous ne m'aimez pas ! Vous m'en voulez !

– Je vous assure que...

– Moi, vous comprenez, j'ai ma carrière à faire ! Vous pourriez m'aider.

– Comment ?

– En avouant.

– Je n'ai tué personne, Inspecteur, et je n'ai envie de tuer personne.

– Bon ! bon ! puisque vous le prenez sur ce ton... Vous aviez rendez-vous avec Aurora Caltabellota ?

– Non.

– De mieux en mieux ! Mais quel homme êtes-vous donc, M. de Saint-Sève ? Alors, c'est ce qu'on vous enseigne dans les ambassades ? prendre vos contemporains pour des débiles mentaux ? Vous n'aviez pas rendez-vous et pourtant, voyez comme les choses s'arrangent bien ! Vous éprouvez l'envie de vous détendre un peu, mais habitant le *Prim* sur la Promenade, au lieu de vous balader le long de la mer, vous allez tout naturellement dans le Jardin du Château, presqu'à l'heure de la fermeture ! Et la douce Aurora au lieu de rentrer chez ses parents, ainsi qu'elle a accoutumé de le faire quotidiennement, est prise du désir subit de goûter la qualité de l'air qu'on respire au Château et, par hasard, vous vous y retrouvez ! Étonnantes coïncidences, non ? Il y a plus extraordinaire, encore ! Ignorant un rendez-vous qui n'existait pas, Eduardo Caltabellota et ses fils négligent de manger la soupe pour courir au Château, alors que de leur propre aveu, ils n'y ont pas mis les pieds depuis quatre ans ! Enfin, le destin qui se plaît à vous jouer des tours, mon pauvre Monsieur, s'arrange pour qu'un certain Piotr Vakouliev – que des agents ont reconnu pour être l'homme ayant voulu vous abattre rue du Gésu – ne sachant, sans doute, quoi faire de ses loisirs, se décide à visiter le jardin du Château au moment précis où vous-même et les autres comparses de cette sinistre farce, y allez. Monsieur de Saint-Sève, vous n'avez pas l'impression que vous poussez un peu?

– Je reconnais que c'est difficile à admettre pourtant...

– Voyons, faites un effort?

– Non, vraiment, je ne peux pas.

– Vous vous doutez de ce que vous êtes? Un sale égoïste! Que je végète en dépit de mes dons, ça vous est égal! Que ma petite amie – elle s'appelle Solange, une brune et si vous voyiez son corps, mais ça ne vous regarde pas! – risque de me laisser tomber si je ne monte pas très vite en grade, vous vous en balancez! Enfin, pourquoi vous m'en voulez?

– Ce sont des idées!

– Parce que vous devez vous persuader de ceci: si Solange ne veut plus de moi, tant pis pour ma mère!

– Pardon?

– Je dis: tant pis pour ma mère réduite à pleurer son fils unique, son seul soutien dans l'existence.

– Je ne saisis pas la relation?

– Vous jugez incroyable qu'une maman pleure son fils?

– Pourquoi le pleurerait-elle?

– Tout simplement parce que je serai mort! Car si Solange me laisse, je me détruis. Je n'ai pas encore décidé la manière que j'emploierai, mais une chose est sûre : je mourrai!

– Ce serait sûrement dommage!

– Et vous recommencez à vous foutre de moi! A tous les élans de sympathie, de fraternité, vous répondez par des sarcasmes... Ce n'est pas beau, Monsieur de Saint-Sève, non ce n'est pas beau et vous avez de la chance que je sois un gros sentimental parce qu'autrement, vous auriez mon poing dans la gueule pour vous apprendre à vous moquer de ma mère!

Sur ce, le commissaire Belvès apparut pour demander :

– Alors, Bretenoux, où en sommes-nous?

– Au point de départ, patron!

– Parfait, je prends la suite.

Belvès récupéra le fauteuil abandonné par l'inspecteur.

– Donc, Monsieur de Saint-Sève, je résume la situation telle que vous nous l'avez expliquée... Vous êtes allé vous promener au Château, comme vous seriez allé vous promener n'importe où dans la ville... Vous avez choisi, pour ce faire, l'heure où l'on s'apprêtait à fermer ce qui, pour vous, est normal. Vous n'aviez rendez-vous avec personne, cependant vous rencontrez dans ce lieu où vous vous êtes rendu par hasard, non seulement la jeune fille qui vous doit la vie, mais encore sa famille et le tueur qui tenta de vous abattre rue du Gésu. De quelle façon, ces gens savaient-ils que vous viendriez là et à ce moment là?

– Je l'ignore.

– Bien sûr, vous ne connaissiez pas ce Russe qui est tombé du haut du Château?

– Non.

– Et pourtant, il est descendu au même hôtel que vous.

– Cela ne prouve pas grand-chose.

– Naturellement. Je vous ferai, toutefois, remarquer qu'on vous a vu lui parler.

– C'est possible... Dans un hôtel...

– Oui, oui... Comment cet individu est-il tombé?

– Après qu'il eut blessé Aurora Caltabellota...

– Qui vous a donc sauvé la vie, à son tour...

... les frères de celle-ci lui ont foncé dessus... Il leur a échappé et apparemment terrorisé, il s'est précipité vers le petit mur où, perdant son équilibre pour une raison inconnue, il a basculé dans le vide.

– Complètement idiot... mais ça m'est égal, ce type appartient à cette catégorie de voyous que je préfère savoir sous terre que dessus. Il a tué un guide, il a tenté à deux reprises de vous tuer, il a blessé une innocente, il a payé, requiescat in pace. Ce qui m'embête c'est que les témoins m'ont affirmé que vous n'étiez pour rien dans cette mort. Qu'ils mentent ou non, ils me réduisent – momentanément – à l'impuissance. Mais je tiens à ce que vous vous persuadiez que je ne vous lâcherai pas.

– Puis-je vous demander, Monsieur le Commissaire, les raisons de cet acharnement?

– Elles sont simples : je n'aime pas ceux chez qui

on entre pour se suicider, ni ceux qu'on essaie, sans cesse, d'abattre et pas davantage ceux qui sont toujours présents en cas de mort violente. Pourquoi je ne vous enferme pas? Parce que je ne puis prouver que Sergueïvitch soit tombé de votre fenêtre, que c'était vous et non Mlle Caltabellota que le tueur visait, que vous êtes mêlé autrement qu'en spectateur à la mort de Piotr Vakouliev. Oh ! pendant que j'y pense, une coïncidence, une de plus, qui va vous amuser : ce Vakouliev appartient au personnel de l'ambassade soviétique de Londres. A Londres où vous êtes vous-même en poste. Vous êtes provisoirement libre, Monsieur de Saint-Sève.

*
* *

Sam Warmwell s'étonna de trouver Swindon buvant seul et mélancolique dans le bar du *Prim*. Il prit place en face de l'Anglais.

– Ça ne va pas, John?

– Comme ci, comme ça...

– Vous semblez soucieux?

– Des idées qui passent...

– Si j'en dois juger par votre mine, il est préférable qu'elles ne s'arrêtent pas.

Mais Swindon n'avait nulle envie de rire. L'Américain tenta encore un effort.

– Si nous buvions à la mémoire de Vakouliev?

Ils levèrent leur verre en l'honneur de l'adversaire disparu. Sam remarqua :

– Nous étions quatre à la poursuite du Français en quittant Londres et nous voilà réduits à deux.

L'Anglais fixa son vis-à-vis et dit lentement.

– Exact. Il ne reste que vous et moi.

– Moche, non?

John haussa les épaules.

– Nous n'y pouvons rien.

L'Américain soupira.

– Je suis bien embêté de ce que vous m'ayez sauvé la vie... John, vous y tenez beaucoup au document du Français ?

– Pas plus ni moins que vous.

– Alors, aucun moyen de s'arranger, vous et moi?

– Je ne le pense pas.

– Je le regrette.

– Moi aussi.

– Buvons donc à notre mésentente cordiale.

Ils plongèrent tous deux dans un mutisme plein de regrets. Le premier, Swindon, sortit de son silence pour expliquer :

– Il m'arrive quelque chose d'étrange, Sam... Je crois bien que je n'aime plus mon métier et ce qui est plus bizarre encore, il me semble que je ne déteste plus les Français.

– Depuis que vous êtes dans ce beau pays?

– Non... Je pense plutôt depuis que je me suis aperçu que j'étais résolu à épouser Dorothy.

– Dorothy?

Et, à la grande stupéfaction de Warmwell, Swindon entama une confession proche de celle qu'aurait pu faire un adolescent boutonneux ému par les grâces naissantes de sa cousine. L'Américain n'en croyait pas ses oreilles. Était-il possible que le tueur inhumain du M. I. 5 fût devenu cet agneau bêlant?

Il eut un frisson : sa tendresse pour Gladys le rendrait-elle aussi niais? Mais prompt à sauter sur l'occasion offerte, il dit :

– Je vous comprends John, et je vous envie... Je suis sûr que votre Dorothy sera la meilleure des épouses.

– Merci, Sam.

– Vous avez, sans aucun doute, trouvé la femme de votre vie, mon vieux, et à votre place, j'aurais tellement peur de la perdre que je rentrerais dare-dare à Londres.

– Et ma mission?

– Qu'est-ce qu'une mission en regard d'une existence heureuse?

Swindon rit doucement.

– Sacré Sam ! J'ai failli me laisser prendre... Je retourne à Londres et la scène débarrassée, vous vous emparez du message... Vous êtes incorrigible, mon bon !

– D'accord, John, d'accord... Si vous pensez davantage à la gloire qu'à votre fiancée... ce sont vos affaires !

L'Anglais se leva, plein d'une dignité gourmée.

– Non, Mr. Warmwell, je pense d'abord à la Couronne... Au revoir...

*
* *

Libéré par le commissaire Belvès, Guillaume s'était précipité dans le premier bureau de poste rencontré pour y appeler Londres. Quand il eut Helen en ligne, celle-ci demanda :

– C'est vous, darling?

– Oui... je... Oh !...

– J'étais inquiète de ne plus avoir de vos nouvelles depuis... enfin depuis l'incident que vous savez. Comment allez-vous?

– Mal.

– Moralement ou physiquement?

– Moralement surtout.

– Parce que je ne suis pas à vos côtés?

– Oh ! c'est plus grave... !

– Pas très gentil cela, darling, non?

– Comprenez-moi, Helen : à votre absence qui me pèse, il ne tient qu'à vous d'y mettre fin, mais le reste... Oh ! le reste...

– Vous m'effrayez ! Que s'est-il passé?

– J'ai... j'ai recommencé.

– Qu'est-ce que vous avez recommencé, darling?

– Vous... vous savez... le Russe...

– Non?

– Si.

– Et de quelle façon, cette fois?

– La même.

– Votre fenêtre?

– Plus haut... La terrasse du Château... vous connaissez?

– Oui... Guillaume, je ne vous aurais pas cru capable de...

– Moi, non plus.

– Je suis de plus en plus fière de vous, darling... Et c'était qui ce coup-ci?

– Encore un Russe...

– Vous êtes en train de vous faire une spécialité... Quand rentrez-vous ?
– Je l'ignore. J'attends des ordres.
– Ne tardez pas et surtout ne vous amusez pas à tuer des Russes plus qu'il n'est nécessaire...
– M'amuser ! Vous avez de ces mots...
– N'oubliez pas qu'ils sont près de 300 millions ! Bye, bye, chéri !
Dans la rue, Saint-Sève se disait qu'Helen devait être curieusement bâtie pour que l'annonce d'un meurtre la fît plaisanter.

*
* *

Guillaume jugeait qu'il était absolument inutile de retourner à l'église pour prier Dieu de lui pardonner, ses repentirs étaient si rapidement suivis de rechutes qu'on ne devait pas le prendre très au sérieux là-haut. De retour dans sa chambre, il s'allongea une fois encore sur son lit – position qui lui était familière quand il avait un problème particulier à résoudre – et tenta de mettre de l'ordre dans la suite d'événements qui avait bousculé son existence depuis qu'il avait été convoqué par le secrétaire d'ambassade. Cependant, un coup discret frappé à sa porte l'empêcha de se livrer à ses travaux de réflexions. Il se leva, se rajusta et dit d'entrer.
Un sourire affreusement hypocrite aux lèvres, Swindon se présenta.
– Mon cher confrère, je me suis permis de vous

déranger pour vous demander si vous aviez des nouvelles de la malheureuse jeune fille...

– Non? Je n'ai pas osé me rendre chez elle.

– C'est tout naturel. Pardonnez-moi de vous avoir importuné...

– Je vous en prie.

L'Anglais s'apprêtait à se retirer lorsqu'il revint vers le Français.

– J'ai commandé un taxi pour aller dîner au Col de Villefranche avec Warmwell. Voulez-vous vous joindre à nous?

– Ma foi...

– Alors, à 20 heures dans le hall de l'hôtel.

*
* *

Installé sur la terrasse d'un restaurant du Col, Swindon et Saint-Sève achevaient un gentil dîner. Oubliant leur métier, l'Anglais avait parlé de Brighton où il comptait se retirer, le Français du charme des paysages ariègeois. Il n'était pas loin de 23 heures lorsque John régla l'addition. La soirée finissait mieux qu'elle n'avait commencé. Au départ de l'hôtel, en effet, Guillaume s'était étonné de l'absence de Warmwell mais son compagnon lui avait répondu que l'Américain, se sentant souffrant, préférait garder la chambre. Saint-Sève avait eu du mal à surmonter sa méfiance.

Ils avançaient sans se presser et empruntèrent un chemin qui s'écartait de la grand-route à seule fin de respirer un peu et de faciliter leur digestion par l'exercice. Soudain, alors qu'ils passaient devant un chantier déserté, John saisit le bras du Français et le força à s'arrêter. Guillaume voulut réclamer des explications, son compagnon lui imposa le silence. Tous deux prêtèrent l'oreille. L'Anglais chuchota :

– Vous entendez ?

– Non.

– J'ai l'impression qu'on nous suit... Venez, mais surtout veillez à éviter le moindre bruit...

Derrière Swindon, Saint-Sève pénétra sur le chantier. Les deux agents secrets parcoururent une trentaine de mètres.

– Accroupissez-vous...

Ils se dissimulèrent derrière une bétonneuse.

– Vous n'entendez toujours pas ?

– Non.

– Et maintenant ?

M. de Saint-Sève, avant de perdre connaissance, crut que la bétonneuse lui était tombée sur la tête tandis que John ricanait :

– Pas même des cloches ?

Mais la satisfaction de l'Anglais tourna vite au dépit quand ayant fouillé sa victime, il constata que le Français n'avait sur lui, ni le pli tant convoité, ni l'argent dont une partie était destinée à Dorothy. De rage, il s'en fut avec le pantalon de sa victime et fila vers le *Prim*, pour visiter la chambre de Guillaume qui ne rentrerait pas de si tôt.

M. de Saint-Sève reprit conscience dans un éternuement. Il eut beaucoup de mal à se situer, ne comprenant pas plus le décor qui l'entourait que cette fraîcheur le pénétrant. Peu à peu, oubliant un mal de tête qui lui donnait l'impression que des marteaux tapaient en cadence dans son crâne, sa mémoire revint et tout de suite une colère folle l'empoigna quand il se rappela l'abominable trahison dont il venait d'être victime. C'est au moment où il se levait qu'il s'aperçut qu'il n'avait plus de pantalon. D'abord, il se montra incrédule... Ce ne sont pas des manières entre gens bien élevés, voyons ! Ensuite, il lui fallut se rendre à l'évidence et sa fureur contre Swindon s'en fortifia d'autant. Se trouver à une heure du matin, dans un chantier de construction, pratiquement le derrière au vent, c'était pour le moins, une situation délicate surtout quand on appartenait au monde de la diplomatie. Mais Saint-Sève ne pouvait rester là indéfiniment et comme il n'avait pas d'autre solution, il se mit en marche vers Nice, en tentant vainement de dissimuler sa quasi nudité sous les pans d'une veste ridiculeusement courte. Il atteignit la grand-route sans avoir rencontré âme qui vive. Il espérait que cette solitude durerait longtemps et suppliait le Ciel de mettre un taxi sur son chemin.

Guillaume crut, sur l'instant, que le Seigneur avait entendu sa prière car une voiture s'arrêtait à sa hauteur. Hélas ! la petite lumière bleue qu'elle arborait disait assez qu'elle ne transportait pas de bons Samaritains. Saint-Sève feignit, assez puérilement, de n'avoir rien remarqué, mais un agent sortant de l'auto, le héla :

– Hé ! vous, là-bas !

Jouant les grands seigneurs importunés, Guillaume se retourna :

– Vous désirez, mon ami?

– Par hasard, Monsieur, vous n'auriez pas oublié quelque chose?

– Ma foi, je ne le pense pas.

– Vraiment?

– A moins que vous ne fassiez allusion à mon pantalon?

– Un petit fûté, hein? Où est-il?

– Quoi?

– Votre pantalon?

– Je ne sais pas. J'ai dû le perdre...

– On le dirait, en effet, et... vous n'avez pas une idée de l'endroit où il peut être?

– Quelle importance?

– Vous éviter d'être envoyé devant le tribunal pour attentat à la pudeur.

– Vous ne croyez pas que vous exagérez, Monsieur l'agent?

– Vous savez... moi, j'ai un pantalon... une vieille habitude... Je pense qu'à défaut de pantalon, vous avez des papiers?

– C'est-à-dire...

– C'est-à-dire?

– ... j'en ai, mais je ne les ai pas...

– Où sont-ils donc?

– Dans mon pantalon.

– Que vous avez perdu.

– Que j'ai perdu.

– Même sans papier, vous vous rappelez qui vous êtes?

– Guillaume de Saint-Sève, attaché d'ambassade.

L'agent se mit aussitôt au garde-à-vous, porta la main à son képi et se présenta.

– Napoléon Bonaparte, Empereur des Français !

– Eh bien ! en voilà des manières ! Qu'est-ce que cela signifie ?

– Tout simplement Excellence que nous allons nous rendre au commissariat pour que vous fassiez connaissance avec notre patron, puis à l'hôpital psychiatrique.

– Vous êtes fou !

– Pas moi...

– Je ne tolèrerai pas que...

Un second agent descendit de la voiture.

– Tu veux un coup de main pour embarquer ton clown, Amédée ?

– Pas besoin, je suis sûr qu'il va être très sage.

Le premier agent prit Saint-Sève par le bras et l'amena jusque dans la lumière des phares. A ce moment, son copain demanda :

– Tu as vu sa joue, Amédée ?

Amédée regarda la rigole de sang qui prenait sa source dans les cheveux.

– Vous vous êtes battu ?

– Moi ?

Il paraissait si sincèrement scandalisé que l'autre ajouta :

– Alors, on vous a attaqué ?

– Ça se pourrait... mais je ne me rappelle rien.

– Bon... On va filer vous faire panser, après on verra.

*
* *

L'interne, ayant nettoyé la plaie que Guillaume portait au cuir chevelu, déclara :

– Pas de fracture... Vous devriez en être quitte avec une migraine tenace... alors des cachets et du repos... Je ne suis pas un expert, toutefois vous auriez été assommé avec une crosse de pistolet que je n'en serais pas surpris.

L'hôpital ayant accepté de prêter un pantalon au blessé, on l'emmena au poste de police où le secrétaire du commissaire, en entendant le nom de Saint-Sève, se rappela une note ordonnant de prévenir le commissaire Belvès au cas où l'on aurait affaire avec M. Guillaume de Saint-Sève et décida de garder ce Monsieur en attendant la venue de Belvès qu'il ne pouvait décemment alerter avant huit heures du matin, puisque rien ne pressait. On prépara un lit de camp et Guillaume, ayant avalé trois comprimés, s'endormit en souhaitant que l'Ambassade de Londres ne soit jamais mise au courant.

*
* *

En dépit d'une douleur sourde qui lui vrillait le crâne, Guillaume avait bien reposé. On dut le secouer pour l'arracher au sommeil. On le conduisit dans un coin où il trouva le nécessaire pour une toilette élémentaire et quand il eut absorbé un bol de café noir, on l'introduisit dans un bureau où le commissaire Belvès l'attendait :

– Bonjour, Monsieur de Saint-Sève...
– Bonjour, Monsieur le Commissaire...
– Il paraîtrait que nous sommes appelés à nous rencontrer souvent.
– Je me doute, Monsieur le Commissaire, que vous devez juger mon comportement insane...
– Pas du tout ! Vous m'avez prouvé qu'il était très normal de défenestrer les gens, d'être attaqué en plein jour dans la rue, d'assister à un accident ressemblant fort à un meurtre. Maintenant, vous voulez me démontrer, j'imagine, qu'il est banal pour un homme de votre condition, de se balader sur la voie publique sans pantalon ? Qu'à cela ne tienne ! Je vous crois.
– C'est-à-dire...
– Non, Monsieur, non ! Je réalise, grâce à vous, que j'ai vécu plus de la moitié de mon âge dans l'erreur la plus complète parce qu'attaché, sottement, aux vieilles traditions de ce qui se fait et de ce qui ne se fait pas. Je confesserai, désormais, que passer par la fenêtre est le moyen le plus rapide de gagner le trottoir, le plus normal, qu'il n'y a aucun motif de se montrer surpris de ce que les rues de notre ville soient assimilées à des stands de tir et qu'enfin, il n'y a pas la moindre raison de juger bizarre qu'un monsieur se promène la nuit sans pantalon !
– Vous vous moquez de moi, ce n'est pas gentil...
D'un seul coup, le policier explosa :
– Ce n'est pas gentil... ce n'est pas gentil...
L'œil fixe, la voix rauque, il ajouta :
– Monsieur de Sainte-Sève, en confidence,

êtes-vous venu spécialement de Londres pour troubler mon équilibre mental?

– Je crains que vous n'exagériez...

– J'exagère?

– Si vous me connaissiez mieux, vous sauriez que je suis un homme tranquille ayant horreur de la violence.

– Soyez persuadé que je n'en ai jamais douté! Ces Russes qui vous tirent dessus, qui vous prennent pour des oiseaux n'étaient que des gens essayant de distraire, à leur façon, le garçon paisible que vous êtes. Si je ne suis pas indiscret, pourquoi descendiez-vous le Col de Villefranche, en slip?

– Parce que je n'avais plus de pantalon.

– Curieux! Oserais-je vous prier de me confier les raisons voulant que vous fussiez privé de pantalon?

– On me l'avait chipé.

– Sans que vous vous en aperceviez?

– Sans que je m'en aperçoive.

La règle que le commissaire manipulait se brisa entre ses doigts. Pendant les quelques secondes qui suivirent cet incident, les deux hommes se fixèrent dans les yeux puis le policier exhala un énorme soupir qui parut réduire sa pression interne. Seul, le ton un peu sourd de sa voix trahissait l'effort qu'il s'imposait.

– Auriez-vous la bonté de m'en dire plus?

– Je me promenais...

– ... dans la nuit et au col de Villefranche... comme tout le monde.

– Peut-être pas, mais moi je suis volontiers noctambule... et j'avais emprunté un petit chemin vicinal.

– Y avait-il donc un trafic intense à cette heure?

– Non, justement.

– Dans ce cas, quel motif vous a poussé – alors que vous vous dirigiez sur Nice – à quitter la grand-route où il est aisé de marcher afin de vous engager dans un chemin vicinal où la nuit multipliait les pièges pour un étranger?

– J'adore la fantaisie, j'ai horreur d'agir d'une façon banale.

– C'est ce dont j'ai cru m'apercevoir, en effet. L'ennui voyez-vous, Monsieur de Saint-Sève, est que j'éprouve une espèce de haine envers ceux qui marchent sur les pelouses en dépit des interdictions, de ceux qui moquent les représentants de l'ordre, en bref des hommes et des femmes qui refusent de se comporter selon la loi. Dans ces conditions, vous admettrez facilement que je ressentirais une joie totale, profonde si j'apprenais que, grâce à moi, vous avez été condamné à une vingtaine d'années de prison!

– Ne témoignez-vous pas là, Monsieur le Commissaire, d'un léger parti-pris?

– Sans aucun doute.

– Ah? Je m'interroge vainement sur ce qui m'a rendu si antipathique à vos yeux?

– Vous incarnez, Monsieur, les gens capables de me faire me demander si j'ai suivi la bonne voie. A mon âge, c'est là un exercice, qu'on ne saurait se permettre sans amener des dégâts importants dans son psychisme.

– A ce point-là?

– Monsieur, j'ai été élevé dans un monde où les gens ne passent pas par des fenêtres invisibles, où la chasse au gibier n'est pas remplacée par la chasse à l'homme, où l'on ne pense pas que le fin du fin de la mode consiste à sortir sans pantalon. Naturellement, vous ne me révèlerez pas l'identité de celui qui vous a attaqué ?

– Si je le savais...

– Loin de moi l'idée de vous plaindre, toutefois cette plaie que vous portez à la tête vous met à l'abri, encore pour un moment. Mais je vous aurai, Monsieur de Saint-Sève, je vous aurai.

*
* *

Lorsque le commissaire l'eut relâché, Guillaume qui sentait le besoin d'être consolé, téléphona à Helen.

– Comment allez-vous, chérie ?

– Magnifiquement... Pourquoi m'appelez-vous ?

– Parce que je souhaitais vous entendre.

– Ah...

– Déçue ?

– Un peu... J'espérais...

– Quoi donc ?

– Que vous me téléphoneriez pour m'annoncer un nouvel exploit... tant pis ! Ce sera pour une autre fois, n'est-ce pas ?... Vous ne répondez pas, Guillaume ? Seriez-vous souffrant ?

– Un peu.

– Qu'avez-vous ?

– Une blessure...

– Oh !...

– Mais légère... Un coup de crosse sur le cuir chevelu.

– Vous vous êtes laissé surprendre ?

– J'avais confiance dans ce type... Nous avions dîné ensemble... Il m'a attiré dans un chemin désert et m'a assommé.

– Positivement scandaleux ! Ces Russes seront toujours des sauvages !

– Ce n'était pas un Russe, Helen, mais un Anglais !

Il y eut un long silence.

– Vous m'entendez, Helen ?

– Je vous entends, Guillaume, et je suis navrée de ne pouvoir vous croire !

– Pourtant...

– Il n'y a pas de pourtant ! Un Anglais est incapable de se conduire ainsi !

– Savez-vous ce qu'il m'a fait votre Anglais lorsqu'il m'a eu assommé ? Il m'a enlevé mon pantalon.

– Il vous a... ce n'est pas possible... ! pas un Anglais !

– Pourtant...

– Avez-vous conscience, Guillaume, que vous me racontez des choses très... enfin... shoking !

– Je le regrette, Helen, mais je vous ai juré de tout vous dire.

– Et pourquoi, s'il vous plaît, mon compatriote vous aurait-il enlevé votre pantalon ?

– Pour me mettre dans une situation délicate.

– En effet !... Et qu'avez-vous décidé, alors ?

– J'ai voulu rentrer chez moi.

– Dans cette tenue ?

– Je n'en avais pas d'autre !

– Guillaume, je n'aurais jamais cru que... bref, je vous prenais pour un gentleman...

– Mais enfin, Helen, essayez de comprendre ! Je n'ai pas ôté mon pantalon, on me l'a enlevé !

– Vous persistez à soutenir que c'est un Anglais qui a eu ce geste dégoûtant ?

– Je le soutiens.

– Mummy a donc raison quand elle affirme qu'on ne peut avoir confiance dans un peuple qui a déclenché la Révolution !

– Vous n'exagérez pas un petit peu, Helen ?

– Reconnaissez que vous avez des mœurs pour le moins surprenantes et dont j'ignorais tout ?

– Pour la dernière fois, Helen, je vous répète que c'est un de vos compatriotes qui s'est conduit comme un lâche !

– Vous mentez !

Guillaume entendit l'écho du geste brutal de Miss Otterburn, raccrochant. Morose, il fut sur le moment de rentrer au *Prim* et puis, par contrecoup à la colère d'Helen, murée dans son chauvinisme imbécile, il eut envie de savoir de quelle façon se portait Aurora. Bien que rien de ce qui était arrivé n'ait dépendu de lui, il se sentait responsable puisqu'on avait usé de son nom pour attirer la jeune fille dans un piège qui lui était, d'abord, destiné.

Saint-Sève devenait un familier de la Vieille ville. Il se plaisait dans ces rues pleines d'une rumeur vivante que seules l'heure de la sieste et la nuit apaisaient. Ce lacis de ruelles, de venelles où le soleil ne pouvait qu'effleurer les derniers étages des maisons rappelait les vieux quartiers des villes du Sud-Ouest. Il frappa chez les Caltabellota. On était dans le milieu de la matinée, les hommes devaient être au travail ainsi que les sœurs d'Aurora. La mamma ouvrit la porte. A la vue de Saint-Sève, elle se mit aussitôt à gémir et à crier :

– Ma qué ! C'est pas vrai que c'est vous, hé ? Malheur de nous ! Y a plus de pudeur sur la terre ! Vous voulez me la tuer, ma petite, hé ? Ma qué ! Qu'est-ce qu'elle vous a fait ? Y a pas plus douce, plus brave qu'elle et pourquoi vous êtes là vous ? Pour rire de nos misères ?

– Je désirerais voir Aurora.

– Pour l'achever, si ça se trouve, Santa Madonna ! Ma qué ! Faudra que vous me passiez sur le corps !

– Je souhaiterais lui demander pardon de ce qui lui est arrivé par ma faute.

– Et voilà ! On se jette à la façon d'une bête sauvage sur mon Aurora et quand on me l'a à moitié tuée, on vient s'excuser !

La grand-mère qui n'était jamais sourde quand elle avait besoin d'entendre, arriva, grondeuse.

– Oh ! mais, dis, Maria-Pia, tu serais pas un peu folle, des fois, de crier de cette façon ? On doit t'entendre jusqu'au port !

– Ma qué ! Cet assassin...

– Pourquoi tu lui lances une si grosse insulte ? Il a tué personne, hé ?

– Et Aurora ?

– D'abord, ton Aurora, elle est pas morte ! Ensuite, Eduardo et les garçons, ils ont affirmé que lui, il y était pour rien... dans notre malheur... Alors, à quoi ça rime tout ce cirque, Maria-Pia?

– Il a le toupet, ce maudit, de vouloir parler à la petite.

La vieille regarda Guillaume, lui sourit et décréta :

– Je suis sûre qu'il a pas de mauvaises intentions. Venez, signore.

Elle lui tourna le dos. Il la suivit, sans se soucier des plaintes de Maria-Pia.

*
* *

La grand-mère les surveillait, parce que c'était la loi. Aurora s'était montrée surprise, mais heureuse de voir Saint-Sève. Il avait expliqué ses remords. Aurora raconta pour quelles raisons, elle s'était rendue au Château. Dans le portrait qu'elle brossa du pseudo-messager, Guillaume n'eut aucune peine de reconnaître Swindon et il jugea que la dette de l'Anglais à son égard s'alourdissait. Quand ils eurent beaucoup parlé de leur commune aventure, la jeune fille demanda :

– Vous repartez bientôt?

– D'une heure à l'autre.

– Vous allez retrouver votre fiancée à Londres?

– Oui.

– Comment est-elle?

– Jolie, élégante...

– Vous l'aimez beaucoup...?

– Je ne sais pas.

– Et Londres, ça vous plaît?
– Pas tellement.
– Pourquoi y vivez-vous, dans ce cas?
– Parce qu'on m'y a envoyé.
Elle hocha la tête et conclut mélancoliquement :
– On ne vit jamais là où il semble qu'on aurait du bonheur à vivre.
– C'est vrai...
Et il se mit à parler de son petit domaine de Saint-Sève, dans l'Ariège. Il en disserta avec tellement de tendresse, tellement d'enthousiasme qu'elle chuchota :
– Je crois que vous ne serez jamais heureux si vous ne vous installez pas là-bas.
– Ce n'est pas possible.
– Pourquoi?
– Ma situation... Il n'y a pas d'ambassade... et puis, je ne vois vraiment pas Helen vivre à la campagne... et vous, Aurora, quel serait votre souhait?
– Retourner en Sicile.
– Dans ce pays si pauvre, si malheureux?
– Mon pays... Mes grand-parents avaient une ferme à Saltribecci, un village... du côté de Vittoria... Ils ont tenu tant qu'ils ont pu... après, ils sont partis... Il fallait manger... Ici, on ne sait pas exactement ce que c'est que le souci du pain quotidien... Quand je passe devant les magasins regorgeant de tout, je pense à ceux de là-bas et je n'ose pas acheter ce dont j'ai envie...
Longtemps, ils parlèrent des paysages de leur enfance et communièrent dans un même élan pour des ciels différents. Enfin, Guillaume se leva :

– Je suis content, Aurora, de savoir que votre blessure ne laissera pas de trace. J'étais inquiet.

– Vous avez été gentil de venir prendre de mes nouvelles...

Ils se serrèrent la main. Elle avait des larmes dans les yeux.

*
* *

Saint-Sève n'avait pas oublié le compte à régler avec l'Anglais. Il lui en voulait moins de l'avoir assommé que du piège tendu à Aurora. Elle avait failli mourir à cause de lui. En pénétrant dans le hall du *Prim*, il rencontra Warmwell.

– Hello ! Saint-Sève... Qu'étiez-vous devenu ?

– J'ai passé la nuit en prison.

– Par exemple !

Guillaume conta à Sam la traitrise de John. L'Américain soupira :

– Et dire que ce sont les Anglais qui ont inventé le mot « fair play ». Je pense qu'il vous a volé ce que vous savez ?

– Je ne l'avais pas sur moi.

Warmwell s'exclama :

– Elle est bien bonne ! Et que comptez-vous faire à présent ?

– Casser la figure du très honorable représentant de Sa Majesté.

Plantant là son interlocuteur, Guillaume gagna la réception.

– Mr. Swindon a-t-il quitté l'hôtel ?

– Non, Monsieur. Il ne nous a même pas avertis d'un prochain départ.

Saint-Sève se renseigna auprès du concierge :

– Savez-vous si Mr. Swindon est chez lui en ce moment ?

Le préposé jeta un coup d'œil sur le tableau où étaient accrochées les clefs.

– Il est dans sa chambre, Monsieur. Dois-je le prévenir ?

– Surtout pas ! Je préfère le surprendre.

*
* *

Pour des raisons parfaitement contraires, John était aussi monté contre le Français que ce dernier contre lui. L'Anglais ne pardonnait pas à sa victime de l'avoir roulé en ne portant pas sur elle, le pli dont il voulait s'emparer de n'importe quelle façon. Chaque minute perdue dans l'accomplissement de sa mission retardait ses retrouvailles avec Dorothy. Parce qu'il n'avait jamais aimé personne, son premier amour le bouleversait comme s'il eût eu dix-sept ans. L'éloignement, sans qu'il en prit conscience, lui permettait de ré-inventer la bien-aimée. La forte et paisible Dothy eût été très surprise d'apprendre qu'on pouvait la comparer à Ophélie. John rêvait à son futur voyage de noces lorsqu'on frappa à sa porte. Il était trop enfoncé dans ses songes pour se tenir sur ses gardes et cria d'entrer sans prêter attention à ses paroles. Il récupéra ses esprits en voyant Saint-Sève sur le seuil de sa chambre.

– Bonjour... Comment allez-vous?

En dépit du fameux flegme britannique, Swindon flotta quelques instants, pendant que le Français ajoutait :

– Je suis venu vous réclamer mon pantalon.

– Votre... ah ! oui...

Déconcerté, l'Anglais ne savait pas quelle attitude adopter. Il prit le pantalon dans l'armoire et le tendit à Guillaume.

– Excusez-moi pour... pour l'incident de cette nuit...

– A votre tour, je vous prie de m'excuser.

– Moi? Et pour quoi?

– Pour ça.

De tout son cœur, de toute sa force, Saint-Sève écrasa le nez de l'Anglais qui tomba les bras en croix en travers du lit. Le sang inondant le bas du visage de son adversaire n'apaisa pas le Français, au contraire. Ce sang britannique lui rappelait le sang sicilien d'Aurora qu'il avait vu couler. Sans doute aurait-il tué l'Anglais sous ses coupes, si une voix paisible n'avait demandé dans son dos :

– Vous tenez à passer une vingtaine d'années en prison pour meurtre?

Saint-Sève, retrouvant la raison, se redressa. Il regarda Sam.

– Merci, sans vous...

– Sans moi, vous commettiez un crime. Notez que je ne plaindrais pas John... Il aurait largement mérité son châtiment... Mais je gage que Miss Otterburn eut été inconsolable de la perte de son fiancé...

Maintenant, remontez dans votre chambre et laissez-moi m'occuper du gentleman en péril.

Quand il fut seul avec l'Anglais, Warmwell fouilla la commode et trouva une bouteille de whisky dont il glissa le goulot entre les lèvres tuméfiées de John. Lorsqu'il eut fait ingurgiter une bonne rasade au blessé, il prit garde de ne pas s'oublier et s'offrit une longue et belle lampée d'alcool. Il manqua d'ailleurs de s'étrangler en entendant une sorte de croassement où il crut distinguer :

– Dites... donc... je l'ai... payée... 3 livres... dix... cette bouteille...

Swindon ouvrait un œil aux paupières boursouflées.

– Alors, on revient à la vie?

– Qu'est-ce que vous fichez dans ma chambre?

– J'ai assisté à la revanche de Waterloo.

Du coup, l'Anglais se rappela. S'appuyant sur ses coudes, il se redressa un peu pour demander :

– Où est-il?

– Il a regagné son camp.

– Il m'a eu par traîtrise !

– Dans ce cas, il a rendu la monnaie de votre pièce... mon vieux... Le truc du rendez-vous, plutôt moche, non? A force d'espérer sans cesse que les autres se battent, il est juste que vous autres, Anglais, vous écopiez de temps à autre.

– Mêlez-vous de vos affaires !

– D'accord... A propos, John, nous sommes quittes.

– Ah?

– J'ai arrêté le Français au moment où il

allait vous achever. Il est impulsif, ce garçon... Si j'étais vous, je me méfierais...

– Pas besoin de vos conseils !

– Ingrat !

L'Américain parti, Swindon se traîna jusqu'à la salle de bains et, se regardant dans la glace, pour la première fois depuis son départ de Londres, il se félicita de ce que Dorothy ne fût pas à ses côtés. John était un trop vieux dur à cuire pour s'émouvoir de quelques bosses. Il savait soigner ce genre d'accident. Il se baigna longuement le visage à l'eau fraîche, glissa du coton dans ses narines, vida la bouteille de whisky, s'allongea sur son lit et s'endormit en rêvant à ce qu'il infligerait à Monsieur de Saint-Sève le jour où il le tiendrait à sa merci.

*
* *

Parce qu'il était, dans son genre, un athlète, Swindon se réveilla fort tard dans l'après-midi, presqu'en pleine forme. Sans doute son visage ressemblait-il à celui d'un Comanche des temps héroïques avec ses peintures de guerre, mais à part cette restriction esthétique, tout allait bien. Ses muscles avaient retrouvé leur élasticité, son esprit, son acuité. Il se fit monter un sérieux en-cas et ne tenant pas à se montrer tel qu'il était, il s'enferma dans la salle de bains lorsque le garçon frappa à sa porte.

Mangeant et buvant, l'Anglais estima qu'aussi bien Warmwell que le Français devaient le croire hors de combat, jusqu'au lendemain, au moins. Il agirait donc cette nuit. D'avance, il souriait à l'idée de ses adversaires, apprenant sa réussite et constatant leur défaite.

Effectivement, Sam estimait que Swindon serait dans l'incapacité de bouger avant le matin. Débarrassé de Vakouliev, de John, il restait seul en face de Saint-Sève. Jamais il ne retrouverait une meilleure occasion. Après le dîner, qu'il prit au *Prim*, pas très loin de Guillaume, il invita ce dernier à boire un verre pour célébrer sa revanche sur l'Anglais. A peine les deux hommes avaient-ils goûté la boisson commandée que Saint-Sève fut appelé au téléphone. Warmwell en profita pour laisser tomber dans la boisson du Français, un comprimé qui s'y fondit aussitôt. Quand Saint-Sève revint, il annonça :

– Vous aviez raison, Warmwell, c'est, en effet, la dernière fois que nous trinquons ensemble, je rentre à Londres demain.

L'Américain se dit que Guillaume possédait donc bien le vrai document et que lui, Sam, avait été fameusement inspiré d'agir comme il l'avait fait.

*

* *

Vers trois heures du matin, Guillaume de Saint-Sève ronflait de façon pas très aristocratique. Sam monta l'escalier à pas de loup et ce lui fut un jeu d'enfant que d'ouvrir la porte du Français dont les ronflements lui parurent composer la plus rassurante des musiques. Aussitôt, il entreprit une fouille systématique de la pièce.

De son côté, Swindon se rappelant qu'il avait été, une dizaine d'années plus tôt, un excellent alpiniste, décida – sachant que le Français dormait la fenêtre ouverte – de grimper par l'extérieur. (Il n'était qu'à un étage au-dessous de Saint-Sève et sa chambre correspondait topographiquement à celle de son adversaire. Ainsi, il posséderait son ennemi qui avait dû se barricader). Insensible au vertige, il retrouva les joies grisantes des escalades de jadis. Le manque d'entraînement le faisait un peu haleter et dans le silence nocturne, l'Américain attrapa l'écho de cette respiration. Il découvrit vite que cela venait de l'extérieur. Il s'approcha du balcon à l'instant précis où la main droite de John s'y accrochait. Quand la tête de Swindon apparut, elle se trouva nez à nez avec celle de Warmwell qui déclara :

– Vous n'êtes vraiment pas raisonnable, John !

La surprise fut si forte que l'Anglais lâcha sa prise et tomba dans le vide en poussant un hurlement qui déclencha un furieux remue-ménage dans le *Prim*. En entendant l'horrible bruit du corps s'écrasant sur le sol, Sam murmura :

– Pauvre Dorothy...

Guillaume de Saint-Sève continuait à dormir.

CHAPITRE V

IL Y A DES GIFLES QUI SE PERDENT

1

Au moment de quitter la pièce, Warmwell – parce qu'au fond, il était un brave garçon – eut un remords. Il ne pouvait pas laisser le Français en proie aux policiers sans savoir exactement de quoi il s'agissait. A force de le secouer, il parvint à l'arracher au sommeil. Quand il le vit ouvrir les paupières sur un regard des plus vagues, il s'en fut tremper une serviette de toilette dans l'eau et la colla sur le visage de Saint-Sève qui se réveilla pour de bon.

– Quoi ? Qu'est-ce qu'il y a ? Warmwell ! Qu'est-ce que vous fabriquez chez moi ?

– Je suis venu vous prévenir de l'arrivée imminente de la police.

– La police ? De quoi s'occupe-t-elle ?

– De Swindon.

– De ce salaud ? Qu'est-ce qu'il mijote encore, celui-là ?

– Plus grand-chose...

– Qu'en savez-vous ?

– Dans l'état où il est, on ne mijote plus grand-chose.

– Ah?

– Swindon est mort, mon vieux.

– Vous en êtes sûr?

– Pour autant que descendre en chute libre du huitième étage ne vous donne guère de chance de survivre.

– Il est tombé du...? Mais, il loge au septième?

– Il a dû avoir des ambitions plus hautes.

– Warmwell... Vous ne voulez pas dire qu'il... qu'il est tombé... d'ici?

– Je crains, hélas, qu'il soit difficile de prétendre le contraire...

– Mais qui l'a...

L'Américain ne répondant pas, Guillaume demanda dans un souffle.

– Moi?

– Qui cela pourrait-il être?

– Je ne me souviens de rien... Pour quelles raisons est-il entré chez moi?

– L'enveloppe.

– L'idiot! Il aurait dû se douter que je ne la gardais pas ici!

– Vous avez trouvé une cachette inédite?

– Celle qui est offerte à tous les clients du *Prim* : le coffre de l'hôtel.

L'Américain écrasa un juron entre ses dents et convint qu'il était temps qu'il se retirât des affaires. Il n'était plus dans le coup. Le Français, ayant complètement repris ses esprits, bondit hors de son lit, en déclarant :

– Ils vont m'arrêter, c'est à peu près sûr...

– Je le crains.

– Il faut que j'aille téléphoner à Londres... Merci de m'avoir prévenu.

M. de Saint-Sève passa une robe de chambre, glissa ses pieds dans des babouches et suivit Warmwell dans une retraite précipitée. Il emprunta le monte-charge et se trouva bientôt sur le trottoir où Sergueïevitch avait terminé son aventure terrestre. Guillaume, saisi par l'air vif du petit matin, éternua deux ou trois fois et gagna la rue de France où il finit par découvrir un bistrot qui ouvrait. Il y entra, sous l'œil surpris du patron.

– Matinal, hein?

– Une vieille habitude.

– Vous savez qu'il n'est pas cinq heures?

– Quelle importance?... Un café noir et un rhum...

– C'est parti!

– Vous avez le téléphone?

– Évidemment.

– Voudriez-vous m'appeler le 794-92-16 à Londres?

– Où ça?

– A Londres.

– Ah!... pourquoi pas, après tout?

– Eh bien! voyons...

L'heure fit qu'on eut presque tout de suite l'Angleterre, mais on eut beaucoup plus de mal à réveiller lady Helen. Dans un bâillement désespéré, elle demanda qui l'appelait. Quand elle sut qu'il s'agissait de Guillaume, elle réussit presque à reprendre pied dans le réel.

– Pourquoi me téléphonez-vous en pleine nuit?

– Parce qu'on va m'arrêter.

– Seigneur! Et qui donc?

– Les policiers.

– Pour quelles raisons?

– J'en ai encore éliminé un...

– Oh! Toujours en le flanquant par...

– Oui...

– Darling! Il faudra absolument perdre votre manie quand nous serons mariés... et qui est votre victime, cette fois?

– Le type dont je vous ai parlé.

– L'Anglais?

– L'Anglais.

– Oh! Comment avez-vous pu faire une chose pareille?

– Justement, je l'ignore.

– Allons donc! Mummy a raison de répéter que les Français ont la rancune tenace et qu'ils chercheront, sans répit, à venger Jeanne d'Arc et Napoléon!

– Votre mère est complètement idiote!

– Quoi?

– Et vous le savez parfaitement!

– Guillaume, vous m'arrachez à mon lit alors qu'il n'est pas encore jour, pour insulter ma mère?

– Non, Helen, pour vous apprendre que je ne vous reverrai sans doute plus.

– Vous m'abandonnez?

– Je n'ose pas vous demander de m'attendre vingt ans.

– Vingt ans !

– C'est à peu près, le nombre d'années de prison que je vais récolter si on ne me tire pas de là... Adieu, Helen...

– Au revoir, Guillaume. J'espère pouvoir vous montrer ce qu'une Anglaise est capable de faire pour un Français !

Lorsque Saint-Sève émergea de la cabine téléphonique, il s'aperçut qu'il n'avait pas d'argent sur lui. Il confia au patron qu'il habitait au *Prim* et le pria de téléphoner à l'hôtel pour confirmation. Intrigué, le bonhomme appela la réception du *Prim*. Quand il raccrocha, il montrait une drôle de mine.

– Ils m'ont confirmé qu'un Monsieur de Saint-Sève loge chez eux et leur description montre que ça pourrait être vous, seulement il y a un pépin...

– Un... pépin ?

– Et un gros... La police est au *Prim*. Paraîtrait qu'il y a eu du vilain... Ils cherchent un type.

– Je suis au courant. C'est moi qu'ils cherchent. Merci pour votre obligeance.

Guillaume s'en alla sans susciter la moindre réaction chez le patron du bistro que sa réponse explicative avait, apparemment, plongé dans le coma.

Le commissaire Belvès injuriait le veilleur de nuit du *Prim*, le successeur de Sergueïevitch.

– Vous me prenez pour un imbécile, ou quoi ? Un homme soupçonné de meurtre se promène en robe de chambre sous votre nez – ses bagages, ses vêtements, ses chaussures sont encore ici – il sort, vraisemblablement, et vous ne vous étonnez pas ?

– Je vous répète que je ne l'ai pas vu !

– Et moi, je dis que c'est de la complicité ! Bretenoux, emmenez cet individu dans un autre coin et obtenez ses aveux.

Le veilleur de nuit voulut protester, mais l'inspecteur lui imposa silence.

– Pas maintenant ! Dans un instant, vous parlerez tout votre soûl. Hop ! on s'en va !

Bretenoux ouvrit la porte et se frotta les yeux pour être certain qu'il ne rêvait pas. Sa surprise était si forte qu'il ne put que dire :

– Alors celle-là, Bonne Mère ! C'est la meilleure !

Le ton de son adjoint fit se retourner Belvès qui, lui, resta sans voix. Sur le seuil de la pièce, M. de Saint-Sève souriait.

– Bonjour, Monsieur le Commissaire... Comment allez-vous ce matin ?

Le policier désigna le nouveau venu du doigt et rugit :

– Bretenoux ! les menottes !

Lorsque les bracelets d'acier eurent claqué autour de ses poignets, Guillaume déclara :

– Ce n'est pas très gentil, Monsieur le Commissaire !

– Pourquoi n'étiez-vous pas chez vous ?

– J'étais parti faire un tour.

– Dans cette tenue ?

– Vous ne la jugez pas correcte ?

– Ça ne vous regarde pas ! Qui était ce John Swindon ?

– Aucune idée !

– Je m'en serais douté !

– Monsieur le Commissaire, vous vous abusez en pensant que j'ai jamais tué quelqu'un.

– Bien sûr ! Vous ne connaissiez pas Sergueïvitch, vous ne connaissiez pas Vakouliev, vous ne connaissiez pas Swindon cependant, vous leur produisez une drôle d'impression... Dès qu'ils vous voient, ils sautent par votre fenêtre ou se précipitent du haut des murailles ! Monsieur, je vous l'ai déjà dit : J'ai assez ri ! Bretenoux, flanquez-le au trou sitôt qu'il se sera habillé.

*
* *

Ayant procédé aux premières investigations, après qu'on eut emmené Saint-Sève et que le Parquet fut parti, le commissaire était rentré chez lui pour essayer de reprendre, durant une heure ou deux, le cours interrompu de sa nuit. Par les soins de l'inspecteur, Guillaume avait été collé en cellule avec un clochard en qui on devinait un homme de distinction, – en dépit des stigmates de la malnutrition et de l'alcool –. Complètement rond, il avait été appréhendé dans les jardins Albert Ier où, se figurant être Jésus au Jardin des Oliviers, il tenait des discours subversifs et pieux. Il accueillit Monsieur de Saint-Sève avec amitié :

– Alors, toi aussi, mon frère, tu as été alpagué par les soldats de Pilate ?

– Pardon ?

– Tu devais, comme moi, compter un Judas parmi tes amis. Mais rappelle-toi ce que je vous ai promis à tous : le royaume qui n'est pas de ce monde.

– Parce que vous êtes...

– Est-ce possible que tu ne m'aies pas reconnu? Oh ! Père ! Ils ont des yeux et ils ne voient pas ! Ils ont des oreilles et ils n'entendent pas ! Veux-tu que je t'absolve de tous tes péchés? Tu me donnes juste de quoi me payer un litre et on procède à la grande lessive, d'accord?

– Je n'aurais jamais imaginé que vous soyez attaché aux biens périssables de ce monde...

Le clochard contempla son compagnon avec des yeux écarquillés.

– ... les biens périssables de ce... dites donc, vous ne seriez pas un prêtre, par hasard?

Le gardien entra dans la salle et gronda à travers les barreaux de la cellule.

– Tu vas la fermer, Jésus? C'est pas croyable ce que tu peux débloquer ! Continue sur ta lancée et tu vas y avoir droit à la douche et à la camisole de force ! Alors, un conseil : ferme-la !

Le clochard haussa les épaules, résigné et chuchota à Guillaume :

– Tu vois, Fils? Ils n'ont pas changé depuis deux mille ans.

Bien qu'elle fut prononcée par un garçon à l'esprit dérangé, cette remarque frappa M. de Saint-Sève qui n'avait jamais eu beaucoup l'occasion de s'intéresser à d'autres qu'à lui-même. Le domaine des ambassades est un univers clos où n'entrent pas les misères du monde. Le bonhomme reprenait son monologue, mélangeant dans une sorte de délire paisible sa propre aventure et celle prise pour modèle.

– C'est vrai que j'étais soûl quand ils m'ont épinglé... Mais c'est pas pour ça qu'ils m'ont embarqué... Ils avaient peur que les autres m'écoutent et m'emboîtent le pas... Entends-moi, fils ! Le jour où ils feront attention à ce que je leur dis, ils abandonneront tout pour partir avec moi à la rencontre de leurs frères...

Bercé par cette voix, par les images qu'elle suggérait Saint-Sève ne savait plus très bien où il en était.

– Si tu nous avais vu en Galilée...

Une sorte d'enchantement envoûtait Guillaume.

– ... tous ceux que, plus tard, ils devaient appeler les apôtres, ils avaient des muscles durs, des visages burinés par le vent et le soleil... Ils n'étaient jamais las... La fatigue, ils ne la sentaient pas, ils ne s'en plaignaient que dans les moments où le doute essayait de s'insinuer dans leur cœur... Mais le plus souvent, ils marchaient derrière Pierre qui me suivait. En me retournant, il me semblait voir l'étrave d'un navire ou plutôt le soc d'une charrue... Une charrue que mon Père m'avait donnée pour labourer le monde.

Guillaume n'écoutait plus... Ces apôtres, avançant sur les routes poudreuses dans le soleil, il les voyait mais à leurs visages s'étaient substitués ceux des paysans des villages autour de Mirepoix. Ceux-là aussi, Saint-Sève aurait peut-être dû les aider à suivre leur chemin au lieu de les abandonner. Une fois encore, il reprit un lent et pénible retour en arrière.

*
* *

M. le Premier Secrétaire d'Ambassade qui, en l'absence de son Excellence, portait la responsabilité de tous les services, était en train de déguster son petit déjeûner avec son épouse qui eût été assez jolie, si un foie défaillant ne lui jaunissait perpétuellement le teint. Dans les autres ambassades, on murmurait que cette faiblesse hépatique était essentiellement due à une ambition tenace qui, malheureusement, ne parvenait pas à déployer ses ailes. Un appel téléphonique vint troubler le repas matinal de M. le Premier Secrétaire. On lui apprit qu'une certaine lady Helen Otterburn menait un grand tapage dans l'antichambre de Son Excellence, jurant que si elle ne pouvait rencontrer ce dernier, on allait voir ce qu'on allait voir; Monsieur le Premier Secrétaire s'enquit auprès de sa femme :

– Chère, vous connaissez une lady Otterburn ?

– Je pense bien ! Très belle fortune, très grosse influence chez les Conservateurs. A ménager.

Mme la Première Secrétaire était un véritable fichier vivant.

– C'est bon, je vais la recevoir... Pourvu qu'il n'y ait pas de pépin !

– Justement, mon cher, s'il y en a un, vous aurez l'occasion de montrer vos talents de diplomate.

M. le Premier Secrétaire, en voyant entrer lady

Helen dans son bureau, fut très favorablement impressionné.

– Son Excellence se reposant à Vittel, j'ai le plaisir de vous accueillir à sa place.

– Il faut que vous sauviez mon fiancé !

Les histoires de détraquées, encombrant le folklore des ambassades, submergèrent un instant la mémoire de M. le Premier Secrétaire. Inquiet, il s'enquit :

– Vous êtes bien, Madame, lady Otterburn... ?

– ... fille de lord Tomas et de lady Jane.

– C'est cela. Puis-je vous demander pour quelles raisons vous avez cru devoir vous adresser à l'Ambassade de France pour...

– Mais parce que mon fiancé, Guillaume de Saint- Sève, appartient à votre maison !

– En effet, en effet... ce nom m'est familier, me semble-t-il... Et qu'a fait ce jeune homme ?

– Il a tué deux Russes et un Anglais.

M. le Premier Secrétaire sursauta.

– Qu'est-ce que vous dites ?

– Notez que pour les Russes, on le comprendrait, mais un Anglais ! Vous vous rendez compte ?

– Je ne sais pas... je ne sais plus... Enfin, où ces meurtres ont-ils été commis ?

– A Nice.

– Ah ?... Mais qu'est-ce que M. de Saint-Sève faisait là-bas ?

– On l'y a expédié !

– Qui cela ?

Helen baissa la voix.

– Les services secrets.

– Les... ?

M. le Premier Secrétaire, affolé, sauta sur le téléphone, alerta tous les bureaux pour se renseigner au sujet de M. de Saint-Sève. Enfin, il tomba sur celui qui avait envoyé Guillaume au mystérieux rendez-vous de la Hans Place. M. le Premier Secrétaire écouta longuement puis déclara :

– C'est une lourde responsabilité que vous avez prise. Dans votre intérêt, j'espère que vous êtes couvert. Bon, bon, personnellement, ça ne me regarde pas. Où il est? Attendez...

Le haut fonctionnaire s'adressa à l'Anglaise :

– Où est M. de Saint-Sève, en ce moment?

– En prison, à Nice.

M. le Premier Secrétaire retourna à son collègue :

– A Nice, en prison. Débrouillez-vous pour le sortir de là. Facile, vous croyez? Avec trois meurtres sur les bras? Ah ! oui... Vous ignoriez... Maintenant, vous voilà averti. Adressez-vous à qui de droit, mais j'entends qu'il soit remis en liberté aussi vite que possible et qu'il rentre à Londres. Pardon ? Oh ! cela, mon cher, je ne veux pas le savoir ! Que ceux qui vous ont mis dans ce pétrin, vous en sortent ! Bonne chance !

M. le Premier Ministre raccrocha.

– Vous avez entendu, Miss? Je pense que le nécessaire va être fait.

*
* *

Monsieur le Procureur somnolait légèrement dans son bureau silencieux. La chaleur commençait à se faire lourde et le magistrat rêvait aux vacances qu'il s'apprêtait à aller passer près des sources du Var. L'appel de sa secrétaire, à l'interphone, l'obligea à secouer sa torpeur.

– Oui, Mademoiselle Tupin ?

– M. le Préfet sur la première, Monsieur le Procureur.

– Le Préfet !... Allo ? Bonjour, Mon... quoi ? Monsieur le... ? Permettez !... Pardon ? Non, je disais : permettez... Et l'indépendance de la... oh ! évidemment !... Ah ! là, je vous arrête !... Quoi ? Bien sûr que non ! Ce n'est pas une manie, une simple formule... Je vous serais obligé de me parler sur un autre ton !... C'est vous qui le dites !... Je n'ai rien à en foutre, moi, des Services Secrets !... Parfaitement, j'ai dit : foutre ! – Mais il y a trois cadavres !... Je voudrais vous voir à ma place... Pas du tout ! Je ne tiens à me brouiller avec personne... Voyons, vous me connaissez... Non, non c'est inutile... j'imagine que vous n'avez pas pris l'initiative de cette démarche... insolite et que derrière vous... Oui, je sais que nous sommes fonctionnaires... Bon... entendu... comptez sur moi... Je vais voir ce que je peux tenter.

*
* *

Le commissaire Belvès entra d'un pas conquérant dans son bureau. Il s'assit en fredonnant dans son fauteuil et tout de suite appela l'inspecteur qui se présenta, l'air chagrin.

– 'jour, patron...

– Ça ne va pas, Bretenoux?

– Oh! la vie...

– Fichtre! Votre petite amie, sans doute, qui...

– Ne retournez pas le fer dans la plaie, patron...

– D'accord, Bretenoux, d'accord... Nous allons nous détendre un peu en mettant sur le gril notre rigolo du *Prim*... Allez le chercher, Bretenoux... On va se régaler!

Mais au moment où l'inspecteur posait la main sur la poignée de la porte, celle-ci céda sous la poussée de l'agent Bazouc, fort excité.

– Monsieur le Commissaire! Monsieur le Commissaire! Il y a Monsieur le...

Le Procureur écarta l'agent en déclarant d'un ton très sec :

– Cela suffit, mon ami... Je voudrais vous dire un mot, Belvès.

Le commissaire, que la vue du magistrat avait plongé dans les transes, bafouillait :

– Mais, tout de suite, Monsieur le Procureur... je vous en prie, Monsieur le Procureur... Bretenoux! qu'est-ce que vous attendez pour avancer un siège à Monsieur le Procureur?... Bon, et maintenant, disparaissez!

Quand ils ne furent plus que tous les deux, le Procureur déclara :

– Commissaire, vous nous avez fichus dans de beaux draps!

– Moi? Mais comment...

– En arrêtant ce gentilhomme...

– Guillaume de Saint-Sève?

– Voilà... Je crains que vous n'ayez commis une grosse bourde !

– Avec trois meurtres à la clef?

– S'en est-il avoué l'auteur?

– Évidemment, non !

– Alors, nous devons le présumer innocent.

– Voyons, Monsieur le Procureur, un garçon qui se trouve présent alors que trois hommes meurent de mort violente?

– Coïncidences.

– Dont deux, vraisemblablement, sont tombés de la fenêtre de sa chambre pour s'écraser dans la rue.

– Hasards.

– Un garçon incapable de m'expliquer ce qu'il est venu faire à Nice, sinon trucider ses contemporains !

– Discrétion.

– Quelqu'un, enfin, sur qui on tire, qu'on assomme...

– Malchance.

– Monsieur le Procureur, je suis certain d'obtenir les aveux de cet individu ! Et je transmettrai à Monsieur le Juge d'Instruction suffisamment de pièces pour remplir un dossier sans faille.

– Je ne le crois pas.

– Mettez-vous en doute mes capacités?

– Que non pas ! Simplement, vous n'aurez pas l'occasion d'exercer vos talents.

– C'est-à-dire?

– C'est-à-dire qu'il n'y aura pas d'interrogatoire, pas de dossier, pas de Juge d'Instruction...

– Pas de... ! Dans ce cas, autant le remettre en liberté ?

– C'est précisément, Monsieur le Commissaire, ce que je suis venu vous demander.

Belvès en resta bouche bée, incapable d'admettre le sens des mots qu'il venait d'entendre. Le Procureur profita de son désarroi pour poursuivre :

– Grandeur et servitude du métier... Nous serions plutôt et pour l'heure, dans la servitude...

Le policier respira à fond et rugit :

– Jamais !

– Allons ! allons ! Pas d'engagements définitifs sur l'avenir... Vous auriez l'air d'un sot quand il vous faudra faire machine arrière...

– Je ne ferai pas machine arrière, je vous en donne ma parole !

– Serment stupide et que vous renierez.

– Non !

– Belvès, vous commencez à me fatiguer...

– Mais, comprenez donc, Monsieur le Procureur, qu'entre Saint-Sève et moi, c'est devenu une histoire personnelle, un duel !

– Tss ! tss ! tss ! Très mauvais ça !

– Pardon ?

– Très mauvais ! Ne vous rappelez-vous plus que l'impartialité, l'absence de passion sont les règles premières de nos métiers ?

– Peu importe ! Je tiens mon homme et je ne le lâcherai pas !

Il y eut un silence puis le Procureur souligna doucement :

– Monsieur le Commissaire, vous me chagrinez...

– Tant pis !

– Figurez-vous, – si j'ai compris le Préfet – que ce matin, très tôt, l'ambassade de France à Londres a été pratiquement bouleversée par une jeune personne qui a menacé – au cas où on ne lui rendrait pas son fiancé, en l'occurrence le gentilhomme que vous retenez arbitrairement...

– Arbi...

– Chut ! de représailles du genre Azincourt, Waterloo ou Fachoda. Or, il faut admettre que cette jeune personne jouit d'un crédit certain puisque le représentant de Son Excellence a alerté les services que nous appellerons « annexes » si vous le voulez bien, lesquels ont téléphoné à Paris, à l'Intérieur d'où on a réveillé le Préfet de Nice avec qui j'ai eu une prise de bec.

– Et alors ?

– Et alors, vous devez penser que tout ce beau monde ne s'est pas mis en mouvement pour qu'un commissaire de police provincial glisse des bâtons dans les roues de la grosse machine !

– En somme, vous me conseillez de me déculotter !

– Je vous conseille de vous incliner avant qu'on ne vous y oblige...

*
* *

L'inspecteur Bretenoux qui guettait le départ du Procureur se précipita sitôt ce dernier éloigné, dans le bureau du commissaire, qu'il jugea fort abattu. Tassé dans son fauteuil, Belvès paraissait plongé dans une rêverie de ruminant. L'inspecteur, déconcerté, faillit battre en retraite quand son supérieur ordonna d'une voix morne.

– Bretrenoux, allez chercher M. de Saint-Sève...

L'autre s'exécuta et quand le prisonnier eut pris place en face du commissaire, ce dernier déclara :

– Monsieur, mon âge me met près de la retraite et, voyez-vous, au moment où, après avoir parcouru une honorable carrière, j'envisageais un repos serein dans la quiétude d'une conscience sans reproche, voilà que l'on m'apprend que j'ai toujours vécu dans l'erreur, que j'ai, sans cesse, marché sur des chemins trompeurs, en un mot que je ne savais rien des lois qu'il m'incombait de défendre.

Incompréhensif mais courtois, Guillaume protesta :

– Ce n'est pas possible, Monsieur le Commissaire !

– Je vous remercierais avec plus de chaleur, Monsieur, si je ne craignais pas qu'il entrât quelque ironie dans votre réaction. Au surplus, si vous étiez complètement sincère, cela démontrerait simplement notre commune ignorance. Je croyais, dur comme fer, qu'on ne devait, en aucun cas, porter atteinte à la vie de son prochain. Eh bien ! Monsieur, c'était une fable, un songe, un délire ! On est venu m'apprendre que pour certaines gens – dont vous faites partie, Monsieur de Saint-Sève – toutes les distractions sont permises, y compris la chasse à l'homme et qu'il faut avoir l'esprit rétrograde pour ne pas admettre que le tir au jugé dans les rues de nos villes n'est pas un spectacle divertissant.

– Monsieur le Commissaire, me trompé-je en devinant de l'amertume dans vos propos?

Belvès ferma les yeux et on vit battre le sang à ses tempes. D'une voix rauque, il dit :

– En vertu de ce que je viens d'énoncer, vous êtes libre, Monsieur... libre de continuer à exercer vos curieux talents, mais ailleurs ! Vous entendez? ailleurs ! Bretenoux, vous sautez dans une voiture avec Monsieur, vous le conduisez au *Prim* où il bouclera son bagage sous vos yeux, puis vous filerez ensemble à l'aéroport où vous le collerez dans le premier avion en partance pour Londres et vous resterez sur place jusqu'à ce que l'appareil ait décollé. Exécution !

*
* *

Sous l'œil attentif et réprobateur de l'inspecteur Bretenoux Guillaume se dépêcha d'empiler ses affaires dans ses valises, de réclamer à la réception la lettre déposée dans le coffre de l'hôtel et de remonter dans la voiture devant l'emmener à l'aéroport. M. de Saint-Sève ressentait autant de hâte à quitter Nice que Belvès en avait à l'en voir partir. Avant de quitter l'hôtel, le fiancé d'Helen avait adressé un télégramme à celle-ci pour lui annoncer l'heure de son arrivée.

Les moteurs du Viscount commençaient à tourner lorsqu'on demanda à Guillaume :

– Vous permettez?

Saint-Sève releva la tête et vit Sam Warmwell qui lui souriait avant de s'asseoir à son côté et de lui chuchoter aimablement :

– Un métier difficile et plein d'imprévus, n'est-ce pas ?

2

L'Américain expliquait :

– Ce qui constitue votre force, à vous les nouveaux et notre faiblesse à nous, les anciens du métier, c'est que vous possédez encore la naïveté, la crédulité, la fraîcheur d'esprit que nous avons perdues... J'imagine que feu mes collègues, comme moi, devenus incapables de voir les choses simplement, ont tout supposé plutôt que de s'arrêter à la solution la plus facile : le coffre de l'hôtel. De plus, je suis convaincu que cette enveloppe, objet de nos convoitises, est dans la serviette que vous gardez soigneusement près de vous ? Une assez curieuse serviette, d'ailleurs ! ... Où avez-vous bien pu dénicher une pareille horreur ?

– Un cadeau de ma fiancée.

– Lady Helen doit avoir des inclinations artistiques très particulières...

– Elle ne voulait pas – m'a-t-elle confié – que cette serviette ressemblât à aucune autre.

– Elle y a réussi. Allez-vous poursuivre dans le métier ?

– Certainement pas ! Et vous ?

– C'était ma dernière mission. Elle se termine sur

un échec. C'est de ma faute... Je n'avais plus la foi...

– Resterez-vous à Londres?

– Non pas... Je prends ma retraite pour me retirer dans une ferme... Un rêve de gosse que je vais enfin pouvoir matérialiser... Voulez-vous que nous buvions à notre commun départ?

– Pourquoi pas?

Warmwell appela le steward et commanda deux whiskies. Naturellement, il drogua le verre du Français, mais il s'y prit si maladroitement que Guillaume s'en aperçut et sourit. Le vieux chasseur n'avait plus la main... Pour s'amuser, Saint-Sève feignit la distraction et au lieu de prendre le whisky que Sam lui tendait, il s'empara de l'autre et faillit s'esclaffer devant la mine déconfite de son sympathique adversaire qui murmurait :

– J'ignore ce que j'ai... première fois que cela m'arrive...

– Que se passe-t-il, ami?

– Je... je n'ai plus envie de... de boire.

– Vous ne me le ferez pas croire !

– Je vous assure...

– Vous me désobligeriez, mon cher, si vous refusiez de porter en ma compagnie, le toast que vous avez proposé !

– Dans ces conditions...

– Après, vous pourrez vous reposer... si cela vous chante, je ne vous dérangerai plus.

A la manière dont il le regarda alors, Saint-Sève comprit que son partenaire savait qu'il savait.

Curieux, il guetta la réaction de Sam qui, beau joueur, leva son verre en déclarant :

– Quand on a perdu, il importe de se comporter en gentleman.

Et il vida son verre d'un trait. Ne voulant pas demeurer en reste, Guillaume agit de même. La dose était forte et il n'eut pas le temps d'admettre qu'il avait été roulé une fois de plus, avant de s'endormir. L'Américain enleva la fameuse enveloppe de la serviette de Saint-Sève, et la glissa dans sa poche. C'était son verre qu'il avait ostensiblement drogué, espérant bien que la scène se déroulerait de la façon dont elle s'était déroulée. Ces jeunôts ont encore beaucoup de choses à apprendre.

*
* *

Depuis qu'elle était au monde, Helen Otterburn n'avait jamais pu être exacte à un rendez-vous. Sans la considération dont jouissait sir Tomas, on ne l'eût gardée dans aucune de ces maisons distinguées où l'on s'efforce de donner un semblant de culture aux demoiselles noblement apparentées ou susceptibles d'hériter de fabuleux comptes en banque. De toute son existence d'écolière puis d'étudiante, jamais Miss Otterburn n'avait assisté au début d'un cours, d'un film, d'une pièce. Une sorte d'allergie à l'exactitude. Et ce jour-là, quoiqu'elle considérât, à juste raison, le retour de son fiancé comme une victoire personnelle, elle ne put gagner l'aérodrome à l'heure prévue. Au volant de son Austin, elle enrageait, maudissait les dieux, s'emportait contre ceux ralentissant sa course – piétons, automobilistes, agents de la circulation – sans penser une seconde qu'elle était la première responsable de son retard.

Lady Helen vit de loin que l'avion de Nice était arrivé. Lorsqu'elle se présenta aux passages donnant accès aux salles où parents et amis attendaient les voyageurs, ces derniers avaient presque tous débarqué. Confuse autant qu'irritée, la jeune fille retourna à sa voiture. Elle en approchait quand elle aperçut, toujours de loin, un homme qui en entraînait un autre visiblement malade. Helen n'eut pas prêté particulièrement attention à ce couple si elle n'avait reconnu à la main de l'un des individus – dont la silhouette ne rappelait en rien celle de son fiancé – l'étonnante serviette achetée par ses soins et offerte à Saint-Sève. Du coup, elle devina que celui paraissant malade était Guillaume. Elle l'appela en criant de toutes ses forces et se mit à courir. Le porteur de la serviette se retourna et, voyant cette femme galoper vers lui, il se hâta d'ouvrir la portière de la voiture qui l'attendait et d'y pousser le Français. L'auto démarra presque sous le nez d'Helen qui, désormais convaincue qu'elle venait d'assister au kidnapping de son gentilhomme de fiancé, fit demi-tour, rejoignit son Austin et se jeta sur la piste des ravisseurs.

Ce fut une belle course-poursuite à travers les faubourgs de Londres d'abord, au hasard des routes du Surrey ensuite. L'un suivant l'autre, ils parvinrent dans les environs de Reigate où Helen avait, longtemps, passé ses vacances. Elle en connaissait tous les chemins, elle s'en rappelait tous les sentiers. Coupant par les champs et les bois, elle rattrapa le terrain perdu. Warmwell, ne voyant plus la voiture qui s'efforçait de demeurer à ses trousses depuis l'aérodrome, décida de déposer Saint-Sève n'importe où. Le temps que ce dernier rentrât à Londres, Sam aurait déposé l'enveloppe sur le bureau de Burt Chard et, ce faisant, mis un point final à ses aventures. Il pourrait alors téléphoner à Gladys et lui annoncer qu'aucun obstacle ne les séparait plus d'un bonheur paisible et partagé. Il ordonna à son chauffeur de s'arrêter et descendit sur la route, oubliant d'abandonner la serviette volée. Mais au moment où il venait d'ouvrir la portière et s'apprêtait à arracher Saint-Sève de son siège pour l'étendre dans le fossé, l'Austin, surgie il ne savait d'où, lui fonçait dessus. Bien qu'il se soit habilement effacé, l'Américain fut quand même touché et envoyé dans les hautes herbes où il disparut. Cette fois, il avait lâché la serviette. Helen, descendue de voiture, s'en empara et découvrant son fiancé par la portière ouverte, se pencha vers Saint-Sève toujours somnolent.

– Guillaume ! Guillaume ! Réveillez-vous ! Je l'ai reprise !

Avec sa tête de linotte, la jeune Otterburn ne s'était pas souciée de savoir si l'auto qu'elle désirait rattraper avait un chauffeur. Ce dernier – Benny Joyest – aurait volontiers étranglé cette enquiquineuse d'Anglaise pour la coucher avec son sweethart dans la nature avant de récupérer Warmwell, mais une autre voiture qui débouchait sur la route, contraignit Benny à des mesures extrêmes.

Miss Otterburn secouait toujours Guillaume lorsqu'un formidable coup de pied au derrière la soulevant de terre, la catapulta à l'intérieur du véhicule et l'envoya donner du front contre un porte-bouquet démodé. Assommée, elle tomba en travers des genoux de Saint-Sève. Joyest remonta prestement à son volant et démarra, abandonnant Sam à son sort car, ce qui comptait, avant tout, c'était la serviette que Benny se proposait de reprendre à la fille sitôt qu'il pourrait s'arrêter dans un coin tranquille, car il croyait qu'elle contenait toujours l'enveloppe. Or, le Ciel n'avait, sans doute, pas vu d'un bon œil les félonies et autres traîtrises dont les Américains venaient de se rendre coupables à l'égard d'un ressortissant de la France, fille aînée de l'Église, si bien que le malheureux Benny fut littéralement noyé dans un flot de voitures et de motocyclettes, les unes revenant des stades, les autres partant en week-end tardif. Les coins qui, d'ordinaire, devaient être paisibles se trouvaient occupés par des familles goûtant les joies très particulières du thé sur l'herbe. En bref, coincé, talonné, le pauvre Benny s'engagea dans Londres, convaincu que la réussite de l'opération reposait, désormais, toute entière sur ses épaules.

Lorsqu'elle commença à reprendre ses esprits, Miss Otterburn se demanda où elle était. Peu à peu, la mémoire lui revint et elle rougit jusqu'à la racine des cheveux en prenant conscience de la position vraiment très « schocking » qu'elle occupait. Toutefois, sa pudeur outragée céda vite à une colère indignée quand elle constata qu'on l'avait enlevée à la façon d'un vulgaire paquet de linge sale. Elle attrapa le chauffeur par une épaule et cria :

– Arrêtez-vous immédiatement !

Sans se retourner, Benny répondit :

– Fermez-la, poupée, vous me distrayez !

En retour de cette remarque méprisante, il reçut une gifle assénée avec tant de vigueur qu'il crut voir apparaître le soleil dans la grisaille ordinaire de la voûte céleste et manqua écraser une grosse Noire remorquant deux négrillons. Aussitôt, il s'entendit traiter d'ignoble raciste cherchant à réduire l'implantation des « Coloured » sur le sol britannique. Joyest n'était pas d'une patience exemplaire et lorsque sa passagère lui tira cruellement l'oreille droite, au risque d'un grave accident, il se retourna et frappa lady Helen d'un impeccable crochet du gauche à la mâchoire. Sans avoir le temps de protester, l'unique enfant de sir Tomas se rendormit sur les genoux de son fiancé. Tout ce dont elle devait se rappeler plus tard, c'était un séraphique et immatériel concert de cloches.

Miss Otterburn revint à elle aux environs du Vauxhall Bridge. Elle réalisa qu'elle ne pouvait courir le risque d'un massacre en tentant d'étrangler le chauffeur, que son accent lui avait révélé Américain. Tout doucement, elle baissa la vitre. On arrivait au débouché de Regency Street dans Vauxhall Bridge Road. Un magnifique policeman réglait la circulation. En passant devant lui, Helen cria :

– Espèce de grand imbécile !

Le policier se demanda, incrédule, s'il avait bien entendu tant il lui paraissait fantastique qu'on pût l'injurier de la sorte. Il fallut que la jeune fille lui tirât la langue en réussissant la plus extraordinaire grimace qu'elle ait jamais réussie depuis sa douzième année, pour le convaincre. Aussitôt, il lança un formidable coup de sifflet, mais Benny était déjà passé.

Dans Victoria Street, la policewoman promenait un regard attentif sur la foule et notamment sur les mâles s'intéressant d'un peu trop près aux jupes traversant leur environnement. Le sifflet aux lèvres, Gertrude Krakelstein, enfant d'émigrés polonais, estimait rendre à sa patrie d'adoption ce qu'elle lui devait en en protégeant ses demoiselles. Du bord du trottoir, elle veillait au respect des mœurs. Les femmes la regardaient avec une gentillesse apitoyée, les hommes en rigolant franchement car Gertrude, boudinée dans un uniforme chaque jour plus étroit, ne montrait pas une silhouette particulièrement sexy. Alors qu'elle arrivait à sa hauteur, Helen hurla :

– Ça boume, hé ! saucisse !

D'émotion, Gertrude manquant avaler son sifflet, descendit sur la chaussée dans un mouvement instinctif pour se précipiter vers son insulteur et faillit, de ce fait, glisser sous les roues d'un bus dont le conducteur lui demanda si c'était le printemps qui l'empêchait d'avoir les yeux en face des trous. Sous les rires des témoins, cramoisie, Miss Krakelstein tenta de siffler, mais le son ridicule, à peine audible des plus proches, qu'elle arracha à son instrument, acheva de la plonger dans la confusion la plus totale. Et l'infâme Benny roulait toujours.

Cependant, le destin du ravisseur allait l'obliger à

s'arrêter sur la Hobart Place. Un encombrement, dû à un défilé de policiers, obligea Joyest à ralentir ce qui permit à l'héritière des Otterburn – ne pouvant s'échapper en abandonnant son fiancé encore dans les nuages – de sortir presque toute entière de la voiture pour hurler aux braves « bobbies » un « Mort aux flics » qui amena un tel désordre dans les rangs des constables que Benny, jugeant la partie terminée, quitta discrètement l'auto en se félicitant de l'avoir volée et se perdit dans la foule passionnée par les invectives de cette jeune personne à l'adresse d'un corps de fonctionnaires unanimement respecté. Se rappelant ce qu'elle avait entendu dans les films de gangsters et n'ayant pas pris garde à la disparition de son ravisseur, Helen continuait de plus belle :

– Assassins ! Valets du capitalisme !

Un gros policeman, dont la moustache jaune et hérissée ne parvenait pas à masquer l'air débonnaire, se pencha vers Miss Otterburn :

– Ma petite dame, si j'étais vous, je la fermerais parce que si vous continuez à nous injurier, vous pourriez recevoir de la part de notre personnel féminin, une correction qui vous empêcherait de vous asseoir pendant deux semaines, au moins... Alors, un conseil : bouclez-la et sortez de cette voiture avant que je ne vous en arrache par la peau du cou !

Les curieux approuvèrent hautement le policeman. Les femmes déclaraient que c'était quand même malheureux d'entendre des personnes apparemment comme il faut, s'exprimer de la sorte.

Les hommes, en échangeant des clins d'œil égrillards, affirmaient qu'on ne devrait pas attendre pour flanquer à l'insolente, la fessée qu'elle méritait. Pendant ce temps, le gros policeman remettait Helen aux mains de ses collègues qui, incontinent, la fourrèrent dans un car de police. On eut beaucoup plus de peine à extraire Saint-Sève, encore dans le cirage. Ils durent s'y employer à plusieurs, les uns tirant, les autres poussant, pour l'amener sur le pavé londonien où, entourant de ses bras le cou du policeman à la moustache jaune, il lui déclara :

– Je crois que vous êtes celle que je cherchais...

Admiratif, un cockney s'écria :

– Alors ça ! Pour une cuite, c'est une cuite !

*
* *

Un épi barbu d'orge des rats s'inclina sous la caresse du vent et vint chatouiller le nez de Sam Warmwell qui, dans un éternuement, refit surface. D'abord, il fut pris de panique en se voyant au milieu de l'herbe et sa raison, encore vacillante, s'affola au point de lui donner à penser qu'il était sur le moment d'être enterré dans un de ces charmants cimetières champêtres du Royaume-Uni. La peur le redressa d'un jet, au grand effroi d'un vieux couple qui, en bordure de la route, sacrifiait au rite immuable du thé. L'Américain dit qu'il était navré, on lui répondit qu'on s'excusait (sans qu'on sût ni pour quoi ni de quoi), on se salua et Sam partit en souhaitant que s'arrêtât un automobiliste qui ne serait pas uniquement sensible aux charmes des auto-stopeuses.

Marchant sur le bas-côté de la route, Warmwell se demandait qui pouvait bien être cette jeune femme ayant essayé de le tuer.

*
* *

Le commissaire Reginald Smith avait de gros ennuis familiaux qui lui flanquaient des douleurs stomacales et lui brouillaient le teint. Enclin depuis quelque temps à des colères aveugles, il faisait trembler ses subordonnés et transformait, peu à peu, son commissariat en une réplique du Purgatoire. Tout cela parce que Maud, sa fille unique de dix-sept ans, avait déclaré vouloir vivre sa vie, c'est-à-dire que, vêtue de hardes multicolores, elle traînait la journée entière dans et autour de Trafalgare Square en compagnie d'autres crasseux et crasseuses de son espèce, sous prétexte de refaire le monde. Ce qui irritait le plus Reginald, était que sa femme – Kathy – approuvait leur enfant dont elle enviait l'esprit d'indépendance. Aux menaces de son père, Maud avait répliqué que si on tentait de la brimer, elle se livrerait à la drogue et partagerait ses faveurs entre tous ses compagnons. Un tel programme tranquillement énoncé mettait le commissaire au bord de l'apoplexie.

Le commissaire venait, une fois de plus, de se quereller avec sa femme et sa fille, lorsqu'on amena Helen et Guillaume. Rogue, il s'enquit :

– Non mais, Jackson, qu'est-ce qui vous prend de faire entrer dans mon bureau, des échantillons pareils ?

S'entendre traiter d'échantillon sans réagir quand on est la fille de sir Tomas et de lady Jane Otterburn, était très au-dessus de ce que pouvait endurer Helen. Elle fixa froidement le policier avant de demander :

– Ça vous gênerait, espèce de malotru, de me parler sur un autre ton ?

Sous le choc, le regard de Reginald devint vitreux. Il réussit pourtant à dire :

– Jackson... De quoi est-elle coupable ?

Le policeman énuméra complaisamment les incartades de la demoiselle. Le commissaire se frotta les mains.

– Parfait... Parfait... et lui ?

– Lui ? Il n'a pas bougé... Il est sans doute ivre, à moins qu'il ne soit drogué.

– Excellent !... Eh bien ! Miss, je pense pouvoir vous envoyer méditer quelques mois en prison sur les dangers qu'il y a à troubler l'ordre public et à injurier les représentants de la loi... quant à cette épave...

– Cette épave, Monsieur le Commissaire, a quand même tué trois hommes... malheureusement, il y avait un Anglais dans le tas... mais ce n'était pas un gentleman.

– Tant mieux !

– Si, de mon côté, j'ai dû me résoudre à abattre un Américain...

– Comment savez-vous qu'il s'agissait d'un Américain ?

– Au juron qu'il a poussé quand je lui suis arrivée dessus. De plus, son chauffeur avait un épouvantable accent d'outre-Atlantique.

– Je constate, Miss, que votre ami et vous, êtes très éclectiques dans le choix de vos victimes...

– ... c'est qu'il avait kidnappé mon fiancé.

– Généralement, c'est le contraire qui se produit, non ?

– J'étais obligée de l'écraser pour lui reprendre la serviette !

– Bien sûr...

– Car, dans cette serviette, Monsieur le Commissaire, il y a une enveloppe qui a déjà coûté la vie à quatre hommes, au moins !

– Rien que cela !

– Ouvrez-la !

Le policeman s'exécuta et vida le contenu de la serviette sur son bureau. Il n'y avait pas de trace d'une enveloppe, blanche ou non.

– Alors, Miss ?

– Ce n'est pas possible ! Il avait dû se l'approprier. Il faut aller tout de suite fouiller son cadavre...

– Non, Miss, ce qu'il faut maintenant, c'est vous taire !

– Mais...

– Assez ! Dans votre cas, il n'y a que deux explications : ou vous êtes folle ou vous vous fichez de moi. Quelle que soit la réponse choisie, je vous enferme. Jackson, collez-moi ces deux rigolos au trou. On verra demain matin quels chefs d'accusation nous retiendrons contre eux.

Helen, hors d'elle, se mit à hurler :

– Mais c'est vous qui êtes complètement piqué !

– Emmenez-la, Jackson, sinon je la calotte !

– Je suis Helen Otterburn et lui, c'est Guillaume de Saint-Sève de l'ambassade de France !

A cet instant, le Français revint à lui et, entendant prononcer son nom, cédant à un réflexe acquis, se leva et tendit la main au commissaire :

– Enchanté...

*
* *

Éreinté mais triomphant, Sam se présenta devant son chef, Burt Chard, à la fin de cette pénible journée. Au même moment, épuisée par ses propres cris et par ses multiples crises de rage, Helen Otterburn s'endormait sur la paillasse mise à sa disposition par les policiers de Sa Majesté, tandis que dans une cellule voisine, M. de Saint-Sève méditait amèrement sur un échec dont il ne pouvait plus douter depuis que sa fiancée avait eu le temps de lui annoncer que l'enveloppe ramenée de Nice lui avait été subtilisée.

– Cela a été difficile, Sam ?

– Pas tellement, sauf sur la fin... une damnée bonne femme.

– Content pour vous, Sam et pour le service... Les gars de Washington vont en faire une tête !

Tout en parlant, Chard ouvrit l'enveloppe, en sortit une feuille de papier et lut le texte qui était inscrit. Sam qui l'observait, le vit pâlir, fermer énergiquement les paupières, crisper les poings, alors que son visage prenait une couleur brique foncée.

– Quelque chose qui ne tourne pas rond, patron ?

Sans répondre, Burt lui tendit la missive où, en

anglais, en russe et en chinois était écrite une simple phrase : « C'est très vilain de s'emparer de ce qui ne vous appartient pas ».

Sur l'instant, Warmwell flotta un peu, puis l'énormité de la chose lui apparut et il fixa Chard qui avait repris figure humaine, et épiait sa réaction.

– Ces Français... dit Sam.

– Oui – répondit Burt.

Et ils partirent, tous deux, dans un formidable éclat de rire.

*
* *

En prenant son service, le lendemain matin, le gros policeman à la moustache jaune et hérissée – qui était un garçon plein de bon sens – ne put s'empêcher, en les regardant dormir, de juger que la jeune femme ayant traité le commissaire de malotru et le jeune homme somnolent de la veille, ne manquaient pas de distinction. Subodorant la gaffe importante qui finirait, obligatoirement, par lui retomber dessus, il téléphona à l'ambassade de France où quelqu'un – entre deux bâillements – lui confirma que M. de Saint-Sève appartenait à la maison. Un ou deux détails apprirent à l'enquêteur que c'était bien le gentilhomme français qu'on avait enfermé. Dès lors, il n'hésita plus à appeler l'hôtel Otterburn et à fournir les explications indispensables à la compréhension de l'événement.

Dans les lits jumeaux qu'ils occupaient au creux d'une chambre au décor somptueux, lord et lady Otterburn reposaient. Leurs respirations paisibles traduisaient leur certitude d'être, fût-ce en dormant, les plus forts. Un coup discret, frappé à la porte, éveilla lady Jane. Elle secoua l'épaule de son mari.

– Tomas... Tomas... Réveillez-vous !...

– Quoi ? Qu'est-ce que c'est ? Qu'est-ce qu'il y a ?

– On a frappé.

– Où ça ?

– Mais à la porte, voyons !

– A la... entrez !

Pobst, le maître d'hôtel, en robe de chambre, pénétra dans la pièce. Sir Tomas, qui avait donné de la lumière, s'exclama :

– Pobst ! A sept heures du matin !

– On vient de téléphoner du commissariat de Belgravia, à propos de lady Helen, Sir.

Lady Jane gémit :

– Mon Dieu ! Elle a eu un accident ?

– Non, milady, elle est en prison.

Lord Otterburn reprit la direction des opérations en s'emportant :

– Ma fille en prison ! C'est insensé ! Et pour quelles raisons l'aurait-on enfermée ?

– Pour meurtre et insultes à agents, Sir.

Lady Jane poussa le cri léger d'un oiseau blessé et s'évanouit le plus élégamment du monde.

*
* *

Le commissaire Smith emprunta le chemin de son bureau, le cœur en fête, car sa fille paraissait être revenue à de meilleurs sentiments. Il était fort loin de se douter que, depuis deux heures, on avait, à cause de lui, arraché de leur lit des personnalités importantes, secoué le secrétariat d'une ambassade, envoyé une équipe de fins limiers pour fouiller l'endroit où Miss Otterburn prétendait avoir tué un Américain.

Le gros policeman n'osa pas révéler à son chef l'initiative qu'il avait cru devoir prendre et Reginald Smith s'installa à son bureau, sans soupçonner ce qui allait lui tomber sur la tête. Il n'était pas assis qu'on l'appelait au téléphone. Il s'agissait du Secrétaire particulier du Ministre de l'Intérieur qui ne perdit pas son temps en explications inutiles :

– Allo... Commissaire Smith, de Belgravia?

– Lui-même.

– Dites-moi, mon cher, vous ne seriez pas devenu fou, par hasard?

– Pardon?

– Je me demande quel peut être l'état de santé mentale d'un fonctionnaire qui ne craint pas de créer, inutilement, des complications à son gouvernement?

– Moi?

– Ou vous êtes stupide, Mr Smith, ou vous jouez les idiots !

– Mais enfin...

– Ne me racontez pas que vous êtes assez borné pour penser qu'on peut flanquer en cellule – avec les clochards et les filles du quartier – l'unique héritière des Otterburn et un membre de l'Ambassade de France?

– Pa... parce qu'ils... sont réellement...

– Réellement ! Alors, maintenant que vous voilà averti, débrouillez-vous !

– Mais, comment ?...

– Ça c'est votre affaire et je vous conseille d'agir très vite si vous souhaitez être encore commissaire demain matin !

Le choc de l'appareil reposé sur son support résonna à la façon d'un glas dans l'oreille de Reginald Smith, anéanti.

Le commissaire n'avait pas tout à fait réalisé dans quel bourbier il s'était aux trois quarts englouti lorsque la porte de son bureau s'ouvrit brutalement sous la poussée de gens vociférant, gesticulant et devant lesquels, le malheureux policier demeura inerte. Tout se précipitait à une telle vitesse qu'il en perdait ses moyens. Le plus excité de tous, s'appuya des deux mains sur le bureau de Smith pour lui hurler dans le nez :

– Non, mais pour qui vous prenez-vous ? Vous vous croyez toujours à l'époque d'Henri VIII ? Vous vous figurez que vous pouvez enfermer nos enfants à la Tour sans que nous protestions ?

Hébété, le commissaire répéta :

– A la Tour...

– Parfaitement ! Eh bien ! moi, Tomas Otterburn, je vous jure que ça va se passer autrement ! Rendez-moi ma fille sur le champ et si elle m'apprend qu'elle a subi des sévices, vous sautez !

– Je saute...

– Exact ! J'ai amené mon médecin et mon avocat ! Vous verrez ce que coûte une arrestation arbitraire ! Envoyez chercher Helen avant qu'il ne soit trop tard ! Le roi Charles a perdu la tête sur le billot pour s'être conduit de la façon dont vous vous conduisez et pourtant, le roi Charles, c'était autre chose que vous, non ?

Le commissaire ouvrit les mains pour indiquer qu'il ne songeait nullement à contester cette dernière affirmation, tandis que sans attendre l'ordre de son chef, le gros policeman filait libérer Helen et son fiancé.

– Daddy !

– Mon enfant ! On ne vous a pas brutalisée, au moins ?

– Pas du tout !

Sir Tomas se tourna vers Reginald Smith et, féroce :

– Vous avez de la chance !

– Vous trouvez ?

– Oui, parce que – maintenant que ma fille est près de moi et apparemment en bon état – j'accepte d'oublier.

– Et moi ?

– Quoi, vous ?

– Dois-je oublier qu'elle a créé du scandale sur la voie publique et insulté nos agents ?

– J'enverrai aux œuvres de la Police un chèque beaucoup plus important que l'amende qui aurait pu lui être infligée !

– Et le meurtre ?

– Quel meurtre ?

– Cet Américain qu'elle se vante d'avoir tué ?

– Foutaise ! On a battu la campagne sans trouver

trace de l'Américain... Helen a dû avoir un cauchemar...

– J'ai plutôt l'impression que c'est moi qui suis en plein cauchemar...

– Oh ! et puis on ne va pas faire tant de bruit pour un colon, hé ?

– Un colon ?

– Ne vous rappelleriez-vous pas, Commissaire, que les Américains ne sont jamais que des Anglais qui ont mal tourné ? Helen, je suis heureux que vous n'ayez tué personne, mais enfin si vous aviez abattu un sauvage d'outre-Atlantique, j'eus été fier de vous car, dans la mesure de vos moyens, vous eussiez effacé un peu de la honte de Yorktown ! Venez, ma fille et emmenez votre Français si vous y tenez !

3

Au lendemain de ces aventures où il n'avait pas joué un rôle personnel important, Saint-Sève se réveilla la bouche amère, la paupière lourde, la langue blanche et avec une sérieuse migraine. Contrairement à ses habitudes, il hésitait à se lever. Les jours qu'il venait de vivre le poussaient à de mélancoliques réflexions sur l'existence. Ces risques inutilement courus... ces hommes morts pour rien... son échec, puisqu'il s'était laissé voler son document... la façon plus que désinvolte dont l'avait traité sir Tomas aux yeux de qui sa fille était le véritable héros de toute cette histoire... enfin, l'attitude d'Helen, ne cessant de lui rappeler que, sans elle, il croupirait dans les geôles françaises ou dans un cul de basse fosse anglais... tous ces détails accumulés ne donnaient guère envie à Guillaume d'affronter joyeusement le jour qui commençait et où une série de corvées l'attendait. D'abord, il lui fallait rencontrer celui qui l'avait engagé dans l'affaire et avec qui il avait pris rendez-vous dans la City pour lui exposer les raisons l'ayant empêché de mener sa tâche à bien, puis le soir, au cours d'un important lunch chez les Otterburn, seraient annoncées les fiançailles de lady Helen et de G. de Saint-Sève. Deux visites que le Français jugeaient fort désagréables, mais dans l'un et l'autre cas, il n'y avait plus moyen de reculer.

Pointel reçut Saint-Sève dans une pièce modeste d'une entreprise de publicité située à l'entresol d'une maison ancienne de Fleet Street. Guillaume ne put s'empêcher de s'étonner de la façon remarquable dont les employés des deux sexes jouaient leur rôle de faux employés. Pointel, à qui il s'ouvrait de sa surprise, le détrompa :

– Mais c'est une vraie maison de publicité où j'ai un bureau. Sauf le propriétaire, nul ici ne connaît mon état. Je suis un associé qui a mis beaucoup d'argent dans l'aventure et tient à veiller de près à ses capitaux. De plus, je me suis chargé – officiellement – de la prospection dans les pays qui nous sont encore fermés. Ceci dit, mon cher, parlons un peu de vous. J'ai appris par le détail, votre rocambolesque arrivée... Ne cherchez pas, c'est Burt Chard, mon homologue des services secrets américains qui m'a téléphoné pour me féliciter...

– Vous féliciter?

– Du bon tour que je lui ai joué. Il est très fair-play Burt Chard... A propos, rassurez Miss Otterburn : elle n'a tué personne et Sam Warmwell qu'elle croyait avoir occis vous attend au « Cygne d'argent » dans Soho.

– Pour boire à ma défaite et à sa victoire, sans doute?

– Quelle victoire?

– Ne m'a-t-il pas volé inextrémis, le document que j'étais chargé de vous rapporter?

– Si fait ! si fait ! Mais j'aurais donné cher pour voir la tête de Burt Chard lorsqu'il a ouvert l'enveloppe !

– Parce que?

– Parce qu'il n'a trouvé qu'une feuille de papier où il était écrit que c'est très vilain de s'emparer de ce qui ne vous appartient pas.

– Cette enveloppe était pourtant celle que votre agent m'avait remise?

– Naturellement.

– Alors, pendant mon séjour à Nice, j'ai passé des heures à me battre ou trembler pour un bout de papier sans la moindre valeur?

– Exact.

– Vous me pardonnerez de ne pas trouver la plaisanterie amusante !

– Allons, Monsieur de Saint-Sève, essayez de comprendre.

– Je le voudrais...

– Le document venu de Moyen-Orient à Nice était très important et convoité par plusieurs services secrets. Afin d'en assurer une transmission sans risque, nous avons « intoxiqué » nos adversaires en montant une opération bidon. Nous nous sommes arrangés pour que tout le monde soit au courant de votre choix apparemment astucieux pour déjouer les soupçons et la meute entière a pris votre piste. Pendant que ces Messieurs s'entrégorgeaient, notre correspondant nous apportait ce que nous attendions avec la plus vive impatience. Mais l'affaire n'a pu être réussie que parce que vous avez supérieurement joué votre rôle. Je vous en félicite.

– Je n'ai pas joué, Monsieur, j'étais sincère.

– Le résultat est le même, non ?

– Je ne pense pas que les quatre hommes morts dans cette farce en apprécieraient le côté comique paraissant vous enchanter.

– Bah ! les risques du métier...

– Un métier, Monsieur, qui me dégoûte !

– On ne vous a jamais demandé de l'aimer.

– Je vous admire, Monsieur, de pouvoir vous soucier aussi peu de la vie des autres...

– Je n'y attache pas plus de prix qu'ils n'en attachent à la mienne.

Saint-Sève se leva.

– Adieu, Monsieur. Vous m'excuserez de ne pas vous serrer la main.

– Je tâcherai de me faire une raison.

*
* *

Au « Cygne d'Argent » Guillaume retrouva Sam en compagnie d'une belle fille à l'allure sportive. Il décida qu'elle devait se nourrir de céréales, de ice-creams et se laver au lait de concombre. L'Américain témoigna d'une joie véritable en voyant le Français.

– Je suis content que vous soyez venu... Je craignais que vous ne m'en vouliez...

Guillaume haussa les épaules.

– Oh... maintenant ?

– Voici Monsieur de Saint-Sève, ma chère, dont je vous ai parlé... Gladys Ferguson, ma fiancée...

Saint-Sève salua la jeune femme puis, les hommes parlèrent de leurs souvenirs communs. Plus aguerri, plus cynique, Warmwell avoua avoir beaucoup ri devant la manière dont les services français s'étaient gaussés de leurs confrères. Guillaume ne put partager l'amusement de Sam. Il n'arrivait pas – avoua-t-il – à oublier tous ces morts inutiles.

– Je vous comprends, mon vieux... ce n'est pas un boulot pour âme sensible... Je suis heureux d'en sortir... Si un jour vous allez aux U. S. A., venez nous voir, vous serez reçu avec joie dans notre ferme.

– J'aimerais, en effet, vous revoir... Vous êtes les deux seuls êtres connus à travers cette ignoble aventure dont je souhaite ne pas perdre le souvenir.

Quand Saint-Sève les eut quittés, Gladys remarqua :

– C'est quelqu'un de bien, ce garçon...

– Il n'avait pas sa place, parmi nous.

Miss Fergusson secoua la tête.

– Je me demande s'il en aura jamais une où que ce soit.

*
* *

Un peu à la manière des chameaux qui, dans le désert, régurgitent l'eau accumulée à l'oasis avant le départ, les phrases que Saint-Sève entendait au cours des conversations, s'emmagasinaient dans sa mémoire d'où elles lui revenaient à l'esprit quand il retrouvait sa solitude. De retour dans son appartement de Munster Square, Guillaume enviait le bonheur futur de Sam et de Gladys. Warmwell et sa fiancée dételaient juste à temps pour rejoindre la vie simple et heureuse. Se rappelant leurs réflexions sur la joie de vivre à la campagne, le Français songea, une fois encore à son domaine ariégeois qui devenait, de plus en plus, à ses yeux, un paradis perdu.

M. de Saint-Sève passa le reste de la journée à rêver à l'avenir, dans son fauteuil. A travers la fenêtre, il contemplait les arbres et les pelouses de Regent's Park, sur lesquels il pleuvait. Une pluie fine qui semblait avoir été créée uniquement pour arroser le gazon britannique. Le ciel était gris, il faisait triste pour quiconque n'avait pas eu le privilège de naître sur les bords de la Tamise. S'il est permis de comparer les petites choses aux grandes, on dira qu'au terme de cet après-midi maussade, Guillaume – tout comme Pascal ayant connu une nuit de feu – vécut des heures d'une âpre lutte où s'affrontaient les ambitions autrefois nourries par une grand-mère chérie, l'orgueil des Saint-Sève, un avenir personnel confortable et le regret de la liberté perdue. Brusquement, sur les sept heures du soir, le Guillaume solennel, habitué des salons diplomatiques, familier de l'hôtel Otterburn, le Guillaume rompu aux bonnes manières, qui ne serait jamais sorti sans col dur ni cravate, perdit pied pour finir par s'incliner devant le Guillaume rustaud, accouru du fond de son enfance, débraillé, mal lavé mais heureux.

A dix-neuf heures trente, M. de Saint-Sève rédigea une très jolie lettre à Son Excellence l'Ambassadeur de France pour lui apprendre qu'après le rôle grotesque qu'on lui avait fait jouer, à son insu, dans une farce sanglante, il renonçait à la carrière diplomatique et rentrait en France. Lorsqu'il eut cacheté l'enveloppe Guillaume se sentit libéré mais pas détendu pour autant car il lui fallait apprendre à Helen qu'elle ne serait jamais ambassadrice où que ce soit. De quelle façon allait-elle accepter l'idée de devenir une humble fermière ariégeoise ?

A 20 heures, vêtu d'un smocking impeccable, coiffé d'un feutre souple, l'inévitable parapluie à la main, M. de Saint-Sève héla un taxi et se fit conduire à Belgrave Square où sir Tomas ne tarderait pas à annoncer aux représentants de la gentry, les fiançailles d'Helen et de Guillaume.

Bien avant le porche de l'hôtel Otterburn, l'embouteillage aurait tourné à la catastrophe sans la présence de deux policiers aidés par le portier de la maison. Guillaume fut reçu par Pobst, le maître d'hôtel qui, le débarrassant, murmura :

– Une belle soirée pour lady Helen et pour vous, Sir...

– On le dirait.

– Tous mes vœux de bonheur, si vous le permettez, Sir.

– Merci, Pobst.

Dans l'appartement, on se tenait presque au coude à coude. Aux abords des buffets, en un flux et reflux perpétuels, des vagues d'invités venaient battre les tables derrière lesquelles les valets versaient du champagne ou des alcools et offraient « savouries » et petits fours. Sir Tomas expliquait à des gentlemen au poil gris les raisons faisant des Travaillistes un danger pour les cours du Stock-Echange. Lady Jane, à des dames de son âge, rappelait ses souvenirs d'enfance et ses auditrices retrouvaient les parfums évanouis des luxueuses jeunesses qui avaient été les leurs.

Guillaume jugea qu'il n'avait sa place ni dans l'un ni dans l'autre cercle. Il se contenta de saluer sir Tomas, lequel lui répondit d'un signe de tête protecteur. La maman d'Helen suspendit son évocation du passé entre 1930 et 1933 pour dire à son futur gendre :

– Guillaume... vous êtes parfait... Allez vite rejoindre Helen, elle meurt d'impatience...

Et sans plus s'occuper du Français, elle reprit le fil de son discours pour dire de quelle façon une fillette de 13 ans – mais appartenant à l'establishment – avait accueilli la nouvelle de l'arrivée de ce « très vulgaire » personnage de Hitler à la chancellerie du Reich.

Si lady Helen était en train de mourir de quoi que ce soit, – ainsi que le prétendait sa mère –, cela ne se voyait pas. Adossée à la cheminée du grand salon, elle tenait sous le charme une dizaine de demoiselles et presque autant de garçons tous refabriqués dans les moules traditionnels d'Oxford et de Cambridge. Guillaume se mêla aux auditeurs sans que nul ne prit garde à lui. Sa fiancée contait ses aventures depuis le moment où, à l'aéroport, elle s'était rendu compte que son fiancé était kidnappé. Son récit rappelait les meilleurs livres d'espionnage. On eût dit d'un James Bond femelle. Le passage ayant trait à la manière dont elle avait attiré l'attention des policiers suscita l'enthousiasme, mais elle se refusa à répéter ce qu'elle avait lancé aux « bobbies » en dépit de l'insistance maligne de quelques-uns des jeunes gentlemen. A une de ses amies l'interrogeant pour savoir s'il lui plairait que son mari préférât les services secrets aux ambassades, Helen répondit que dans les ambassades, évidemment, elle serait mieux à même de tenir son rang, mais que les services secrets offraient une existence autrement palpitante. Guillaume se demanda de quelle façon annoncer à sa fiancée qu'elle ne serait pas plus ambassadrice que femme d'un « patron » des hommes de la nuit. A cet instant, Helen l'aperçut et le rejoignit :

– Chéri ! Venez vite leur raconter comment vous avez supprimé ceux qui voulaient vous empêcher de remplir votre mission.

Un murmure flatteur accompagna en sourdine la requête de Miss Otterburn. Saint-Sève s'adressa d'abord aux autres :

– Excusez-moi une minute, voulez-vous? puis prenant la main d'Helen dans la sienne :

– Venez, j'ai à vous parler.

Étonnée, elle le suivit dans une petite pièce miraculeusement préservée de la foule.

– Qu'avez-vous donc à m'apprendre de tellement important pour que vous me fassiez me conduire de façon si incorrecte à l'égard de mes amis?

– Vos amis m'ennuient... Pour la plupart, ce sont des sots et des sottes qui ont eu beaucoup de chance d'avoir des pères ou des grands-pères ayant travaillé pour eux.

– Je déteste ce genre de réflexion !

– Il faudra pourtant vous y habituer !

– Je ne crois pas que j'y parviendrai !

Leur première querelle et le jour de l'annonce de leurs fiançailles... Helen prit conscience du ridicule de la chose.

– Nous sommes énervés, je pense... Dites-moi vite ce que vous souhaitez me confier... que je rejoigne mes hôtes.

– Helen, ma chère, j'ai démissionné.

– Quoi !

– Je quitte la diplomatie... Je m'y étais fourvoyé...

Froide comme un glaçon, elle s'enquit :

– Ce qui signifie?

– Que vous devez perdre l'espoir de devenir un jour ambassadrice.

– Auriez-vous été conquis par...

– Non pas ! Je ne me sens pas davantage l'âme d'un agent secret.

– Alors ! Que comptez-vous faire ?

– Retourner en France, dans mon petit domaine de l'Ariège.

Horrifiée, elle s'exclama :

– Paysan ! Vous voulez être paysan ! Guillaume, vous ne m'aimez pas !

Il lui fit une réponse ambiguë.

– Je vous aime autant que vous m'aimez.

– Écoutez : ne discutons pas de cela maintenant. Ce n'est ni le lieu ni le moment. Rentrez chez vous et réfléchissez à notre avenir, Guillaume. Je suis certaine que vous êtes déprimé par les épreuves que vous avez subies, sinon vous ne profèreriez pas de pareilles insanités. J'expliquerai à mes parents que vous avez été pris d'un malaise et qu'en votre absence, on ne saurait annoncer nos fiançailles. Revenez demain pour vous excuser, mais déjà j'ai oublié ce que vous m'avez dit... Reposez-vous et reprenez votre sang-froid.

Elle l'embrassa sur le bout du nez.

– Vous savez, chéri, que vous avez un humour très particulier ?

*
* *

Exaspéré par cette discussion qui avait tourné court sans amener la moindre solution, Guillaume sentit le besoin de se calmer au moyen d'une longue promenade. Il était encore de bonne heure et il gagna Hyde Park Corner en marchant à grands pas. De là, un peu apaisé, il alla plus lentement vers ce pôle d'attraction de tout noctambule londonien : Soho. Sans idée préconçue, il entra dans un des nombreux restaurants italiens où il mangea des sphagetti et une escalope milanaise en buvant du Chianti. L'attraction fut annoncée par le patron, un gros, court sur pattes, qui s'efforçait de ressembler à un bandit calabrais de l'époque romantique.

– Signore, signori... Voici, à peine débarqué de sa Sicile natale, Luigi Sardani... dont la voix chaude fera bientôt courir Londres et vous serez fiers d'avoir été les premiers à l'entendre et à l'applaudir... Écoutez-le...

Du moment où le patron avait parlé de la Sicile, l'ombre tendre d'Aurora était venue s'asseoir en face de Guillaume. Le chant du Sicilien, Saint-Sève ne l'entendit qu'en fond sonore. Son oreille écoutait les mots qu'avait pu prononcer Aurora. Peut-être le destin avait-il conduit le Français dans cet humble établissement pour que son avenir se décidât à travers la musique d'un homme venu du même pays qu'Aurora ? Cette musique lui donnait la quasi certitude de voir réellement les pauvres visages ravinés, les paysages arides dont la fille des Caltabellota lui avait parlé. Une douceur inattendue imprégnait maintenant M. de Saint-Sève parce qu'il savait que tout était résolu, décidé et que plus rien de le ferait changer. Il réclama du papier à lettre et il écrivit à Helen.

« Chère Helen,

Ce soir, j'ai compris que notre union serait une

erreur. Vous êtes passionnément attachée à ce que je n'aime pas, vous avez horreur de l'existence à laquelle j'aspire : la paix des champs, la quiétude des longues nuits, le soleil, les nourritures simples et fortes. Pardonnez-moi la déception que je vous inflige, mais vous ne manquez pas de soupirants que nos projets de mariage désespéraient. A défaut d'ambassadrice, vous serez sans doute duchesse ou marquise et je suis sûr que vous brillerez de mille feux dans ce ciel de Londres que vous aimez. Essayez, je vous en prie, de ne pas trop en vouloir à un garçon un peu fou et qui n'était pas né pour aller ailleurs que sur les chemins suivis par ses pères. A vous. Guillaume ».

Saint-Sève prit dans son portefeuille la photographie d'Helen, la regarda longuement et avant de la glisser dans l'enveloppe, murmura :

– By, bye, chérie !

*
* *

Dans l'avion qui l'emmenait à Nice, M. de Saint-Sève ne se posait plus de questions quant à demain. Il savait qu'Aurora viendrait en Ariège et qu'il l'épouserait dans la petite église de son petit village.

FIN

Colombier - Juin 1973

IMPRIMÉ EN FRANCE PAR BRODARD ET TAUPIN
7, bd Romain-Rolland - Montrouge - Usine de La Flèche.
ISBN : 2 - 7024 - 0263 - 1

H 52/1330/1